# 地底アパートのアンドロイドは巨大ロボットの夢を見るか

# 目次

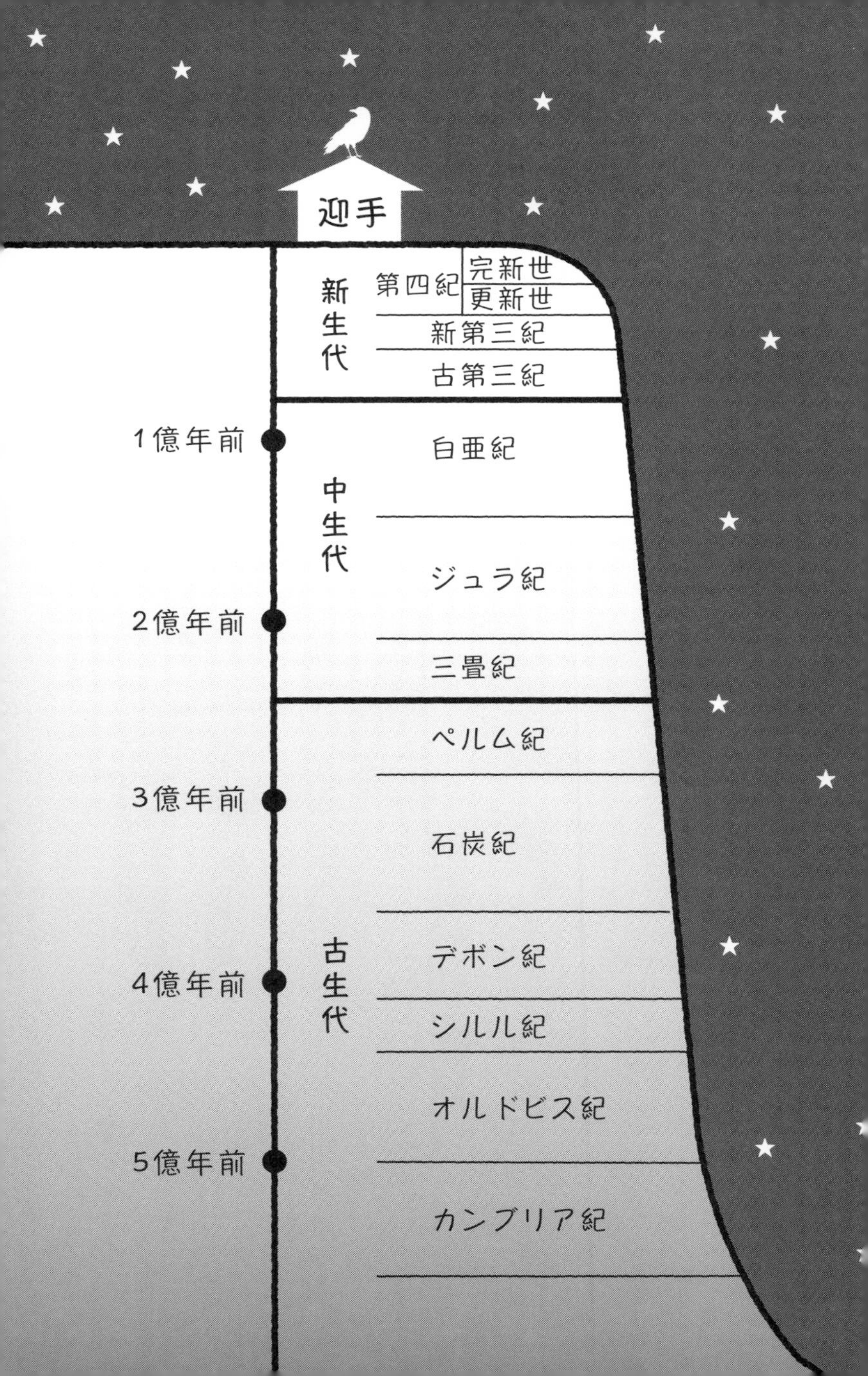

迎手

新生代
第四紀
完新世
更新世
新第三紀
古第三紀

中生代
1億年前
白亜紀
ジュラ紀
2億年前
三畳紀

古生代
ペルム紀
3億年前
石炭紀
デボン紀
4億年前
シルル紀
オルドビス紀
5億年前
カンブリア紀

# 登場人物紹介

## タマ

ヴェロキラプトルの幼体（ようたい）。地底世界から親とはぐれてまぎれこんできた。もふもふ。

## MAXIMUM-β17（マキシマム ベータセブンティーン）

**201号室**

通称（つうしょう）マキシ。歴史を変えるために未来から派遣（はけん）されてきたアンドロイド。

## 加賀美 薫（かがみ かおる）

**210号室**

モデルの仕事もしている大学生。女装（じょそう）すると完璧（かんぺき）にかわいいが、男子。タマの面倒（めんどう）を見ている。

## 葛城一葉（かつらぎ かずは）

**202号室**

主人公。ネットゲームが大好きな、気のやさしい大学生。地底アパートで一人暮（ぐ）らしを始めたばかり。

## エクサ

一葉の大学に来たイケメン留学生。一人暮らしを始め、環境になじんできた。

## ファウスト

**アパートの修繕係**

かつて名を轟かせていた偉大な錬金術師でメフィストの相棒だった。好奇心が並外れて旺盛。

## メフィストフェレス

**大家**

自称悪魔。雑貨屋「迎手」店長兼アパート「馬鐘荘」の大家。地下1階の食堂では毎日母の味を提供している。

## これまでのお話

ゲームばかりしているために家から追い出された大学生の一葉は、妹が契約してくれたアパートに入居した。そこは、自称悪魔の大家メフィストフェレスが、ある目的のために建てた、住居者の“業”によって、地下にどんどん深くなる異次元アパートだった。深度ごとの地質年代の空間が出現し、マンモスや恐竜があらわれる環境や事件にあたふたしつつも、アンドロイドや女装男子、いつの間にか住み着いた錬金術師など個性的な居住者たちといつしか友情をはぐくみ、すっかり順応している一葉なのであった……。

# 第一話　邂逅！　謎の編入生

朝日が眩しい。小鳥の鳴き声がする。

今日もまた、新しい一日が始まった。

僕は目をこすりながら、ベッドの上から起き上がる。白いレースのカーテンが春の風で揺らいでいた。

窓から見える庭では、スズメが足を揃えてちょんちょんと歩いている。つぶらな瞳でこちらを見つめる姿は、まるで「おはよう」と言っているようで――。

「カズハ君、おはようございまぁーす」

絡みつくような若い男の声に、僕の意識は引き戻された。

「ひぃ、ハシブトガラス！」

「失礼な。せめて、ミヤマガラスと言って欲しいものですね」

長い黒髪の男のひとは、腰に手を当ててそう言った。

「カラスであることは否定しないんですね、メフィストさん……」

仰向けで横たわっている身体が重い。メフィストさんが馬乗りになっているせいだ。しかも、いい笑顔で。

アパートの大家たるメフィストフェレスという名の自称悪魔は、時にこうやって住民のことを起こす。合鍵で入っているのか、魔法で入っているのか分からないが、とんだプライバシー侵害である。それでも苦情が来ていないところを見ると、僕にしかやっていないのかもしれない。

「せっかく、可愛いスズメが出てくる夢を見てたのに……」

「おや、カズハ君。カラスって、スズメ目なんですよ」

「マジで!?」

「鳥綱スズメ目カラス科カラス属。それがカラスです」

メフィストさんは、僕の上から降りながらそう言った。

「知らなかった……。あんなに小さくて可愛いスズメと、ゴミを漁るおっかないカラスが親戚みたいなものだなんて」

「まあ、鳥なんてみんな、元恐竜ですし。そう変わりがありませんよ」

「乱暴な括りですね!?」

現在は、鳥の祖先は恐竜であるという説が有力になっている。でも、小さくてカラフルなカワセミから、大きくて渋い色のダチョウまでを一緒にされては困る。

「まさか、朝からカラスの分類を教えて貰うなんて……」

「いい朝じゃないですか」とメフィストさんはしれっと言った。

いい朝なんだろうか。

僕は己に問いかけながら、ぐるりと部屋を見渡す。

僕の住んでいる部屋は、六畳一間だ。ベッドは無く、布団で寝ている。

加えて、窓は無い。当然、レースのカーテンも存在しない。何故なら、地下二階だからである。

『馬鐘荘』。それが、このアパートの名前だった。かつて、バベルの塔を描いたという画家、ブリューゲルが聞いたら、どんな顔をするだろう。笑うだろうか、あきれるだろうか。それとも、シン・バベルを描くために筆を執るだろうか。

しかもなんと、この馬鐘荘は、入居者の業の大きさだけ深くなるのである。その上、

地下フロアの奥の扉は氷河期や恐竜時代と繋がっていた。

「……何だか、現実の方が夢みたいだよな」

「では、目が覚めるように頬っぺたをつねりましょうか？」

手をワキワキさせるメフィストさんに、「いりません！」と拒否する。

「メフィストさんにやらせると、やっとこでつねりかねないからなぁ」

「いいですね、それ」

「よくないです！」

目を輝かせるメフィストさんに、僕はぴしゃりと言った。枕元にあった着替えを手繰り寄せ、欠伸をかみ殺す。

「因みに、今日の朝食は何ですか？　胃がもたれ気味だから、あっさりとしたのが良いかも……」

「みりん干しにほうれん草のおひたし、ひじきの煮物ですが――」

「あっ。結構あっさり系ですね。よかった！」

「カズハ君、朝食を召し上がる時間はありますかね？」

メフィストさんはそう言って、机の上に置いてある百均で買った置時計を掲げる。

針が指し示す時刻を見て、僕の血の気は一瞬にして引いた。

普段ならばもう、アパートを出ている時間だったのだ。

「う、うそ……！」

「嘘を吐くなら、もっと面白いタイミングで吐きますねぇ」

メフィストさんはへらへらと笑いながらそう言った。寧ろ、メフィストさんの頬をつねりたい！

「マキシは⁉」

「マキシマム君なら、あのロクデナシ……じゃなかった、ドクトルのところでメンテナンス中ですよ」

「ろくでなしって最後まで言っちゃってるし！」

ドクトルとは、ファウストさんのことか。

ツッコミもそこそこに、僕は寝間着を脱ぎ始める。「カズハ君、大胆ですねぇ」と茶化すメフィストさんは、全力で無視をした。

朝食を食べている場合ではない。いっそのこと、寝間着のまま外に出ようかとも思ったが、ここは都心の池袋である。大勢の人間に寝間着姿を目撃されるのは避けたい。

「よし、行って来ます！」

何とか着替え終わったので、鞄を肩から下げて部屋から飛び出そうとする。そんな僕に、メフィストさんが何かを投げてよこした。

「これは？」

「朝食ですよ。ひもじい状態で一日を過ごしたくないでしょう？　道すがら召し上がって下さい」

「メフィストさん……」

いつもは胡散臭く見える笑みも、この時ばかりは慈愛に満ちた母親のように見えた。

アルミホイルに包まれた、ずっしりと重いそれを受け取り、僕は今度こそ部屋を出る。

「この重さ、パンじゃないよな。じゃがバターとかかな……」

階段を登りながら、そっとアルミホイルを開けてみる。すると、中から顔を出したのは——。

「おにぎりだ!?」

みっちりと握られ、海苔でがっちりと固められた密度の高いおにぎりだった。

「おにぎりを道すがら食べるのは、難易度が高いよ……」

僕はそう言いながらも、明らかに口よりも大きいそれに、かぶりつく。ふっくらとした感触と、ほっこりとした温もりが口の中を満たす。塩がお米に利いていて美味しい。かぶりついた場所からは、辛子明太子が顔を覗かせていた。

「って、辛っ！　やっぱり、走りながら食べるには難易度が高いから！」

せめてお茶が欲しい。でも、今から戻っては、一限目に間に合わなくなってしまう。ジレンマを胸に、地上に繋がる扉を開く。その先は、雑貨屋『迎手』だ。女子の好きそうなファンシーな文具と一緒に、魔女が好きそうなイモリだかヤモリだかの黒焼きや、怪しげな薬瓶が並んでいる。

メフィストさんが経営する店だ。近所の女子高校生がよく集まっている。可愛いものと同じくらい怪しげなものが多く、いつか、豊島警察署のお巡りさんのご厄介にならないかと不安だった。

アパートの出入口になっている雑貨屋を通り抜け、外へと繰り出す。朝の池袋の空は、灰色だった。

「うわっ、雨降りそう」

だがまあ、大学までそれほど遠くないので、傘(かさ)は要(い)らないだろう。いざという時は、走って帰ればいい。

「それにしても……」

じっとりとした、湿(しめ)った空気だった。

道往(みちゆ)く学生にも、覇気(はき)が感じられない。サラリーマンなんか、足を引きずるように歩いていた。

路地裏(ろじうら)によくいるアジア系(けい)のお兄さん達も、眠(ねむ)そうに欠伸(あくび)なんかしていた。

「そろそろ春だって言うのに、憂鬱(ゆううつ)な天気だなぁ」

すぐ近くで、カラスの声がする。居酒屋(いざかや)のゴミでも漁(あさ)っているのだろうか。

何だか不吉(ふきつ)だなと思いつつ、辛子明太子(からしめんたいこ)が入ったおにぎりにかぶりつく。そうしながら雑居(ざっきょ)ビルの角を曲がろうとした、その時だった。

「うわっ」

反対側から来た何かにぶつかった。思わずおにぎりを放りそうになるものの、そこは気合いで死守をした。米粒(こめつぶ)には七人の神様が宿っている。無下(むげ)にするわけにはいかない。

だが、おにぎりに気を取られていた僕は、受け身をとることを完全に忘れていた。

「ぎゃー！」

アスファルトに思いっきり尻もちをつく。西池袋の、居酒屋や怪しげな店が並ぶ路地の地面だ。おじさんの吐瀉物や誰かの血を吸っているかもしれないアスファルトは、そこら辺の地面よりもずっと攻撃的だった。

「し、尻が割れた！　十六分割くらいになった！」

「大丈夫？　十六分割になったら、衝撃を受ける点が増えるから、より耐久性のある臀部になると思うけれど」

爽やかな声と予想斜め上の分析と共に、そっと手が差し伸べられる。指が長く、綺麗な手だ。だけど、女子の大きさじゃない。

「え、えっと」

僕は顔を上げる。すると、そこにはイケメンが立っていた。

雰囲気からして、年齢は僕と同じくらいだろうか。しかし、何処か幼さを感じさせるベビーフェイスで、人懐っこい笑みを浮かべている。歯は整えられたように白く美しく、太陽が出ていないにもかかわらず、光って見えた。

「冗談だよ。痛くて立てないなら、手を貸すから」

イケメンはくすりと微笑むと、僕の目の前にずいっと手を差し出す。

爽やかだが、なかなかに強引だ。このままだと引き下がってくれなそうなので、仕方なく手を取った。

ひんやりとしていて、見た目よりも硬い手だ。繊細な指先だが、その力は意外と強く、もやしの僕はあっさりと立ち上がらせられた。

「臀部は無事？」

「あ、ああ……」

お尻に触れ、異常が無いことを確認する。大丈夫、切り込みの入ったマンゴーのようにはなっていない。

「その、ありがとな」

「ううん。困っている人を助けるのが、模範的行為だからね」

イケメンは白い歯を見せる。爽やかだ。何やらドキドキしてしまう。模範的という言葉がしっくりくるほどに、イケメンはイケメンだった。

だが、何かが引っかかる。

「ところで、君はどうして米の塊を持っているんだい？　僕が推測するに、食べかけのおにぎりだと思うんだけど」

「これは、僕の朝食だよ。家で食べ損ねちゃってさ」

「へぇ。どうして」

イケメンは興味深そうに目を見開く。何でこんなにしつこいんだ。そんなに僕にからんでくるなんて、意味が分からない。

（待てよ。曲がり角でイケメンとぶつかって、惚れられるパターンがあるじゃないか！）

昔の少女漫画がそうだった気がする。直接見たわけじゃないけれど、ネタにされているのは見たことがある。まさか、このイケメンも僕に惚れてしまったのか!?

（いや、無いな。僕の人生は少女漫画じゃないし）

自分を納得させ、頭を振る。

「どうして朝食を食べ損ねたかって、それは、寝坊をしたから――」

ハッと気付く。そう、僕は寝坊をしていた。そして、一限目に遅刻しそうだったんだ。

「こんなところでのんびり話し込んでいる場合じゃない！　大学に行かなきゃ！」

じゃあな、とイケメンに挨拶をし、僕は走り出す。

そんな僕の目の前を、真っ黒い塊が横切った。反射的に避けてしまったが、カラスだった。嘴を空振りさせたカラスだったが、諦めずにこちらに向かって襲い掛かる。

「ちょ、やめて！　僕の朝食をいじめないで！」

そう、狙いは食べかけのおにぎりだった。一羽、二羽、三羽とカラスは増えていく。嘴が太いから、ハシブトガラスだろう。突かれたら、穴が開きそうな力強さだ。これでスズメの親戚なんて、考えられるか！

そんな中、イケメンが「大学かぁ」と呟いたような気がしたけれど、カラスの鳴き声にかき消されて、よく分からなかった。

「――っていうことがあったんだ」

学食にて、僕は同学科の永田という男子学生に朝の話をしていた。

「ああ。だから、一限目に遅れてきたわけね。黒い羽根をあっちこっちにくっつけて現れた時は、ダークファンタジー系のソシャゲにハマったのかと思ったぜ」

ほら、最近配信されたやつ。と、永田は有名企業の作ったソシャゲの名前を挙げる。

「あれは、配信時にサーバーがパンクして、地獄のメンテナンスが続いたからなぁ……。出鼻がくじかれちゃった感じで」

「ふぅん。それじゃあ、今はゲーム廃人をやめて、真人間になったってことか」

その言葉に、カレーを食べかけていた手が止まる。他の学生達で賑わう食堂の中、僕は何とも言えぬ笑みを浮かべた。

「それが、最近はアーケードゲームが楽しくて……」

「えー、そっちかよ。ネットゲーム、ソーシャルゲームと来て、アーケードゲームか。時代を遡ったって感じだなー」

「スマホでちまちまやるより、大きな画面でやりたくなったんだよ」

「分かる、分かる。スマホは便利だけど、たまには豪快にやりたいよな。俺も、気になるアーケードゲームがあってさ。今日の授業が終わったら、ゲーセン行こうぜ！」

「もちろん！」と僕は答える。

池袋には、大きなゲームセンターが幾つかある。近所である池袋駅西口付近にも、僕がよく通うゲーセンがあった。

「今、格ゲーにハマってるんだけどさ。やっぱり、プレイヤーが操作するキャラを相手にした方が、腕が磨けると思うんだ。練習に付き合ってくれよ」

「お、いいぜ。俺は素人だけど」と永田は快諾してくれた。

「テクニックは教えるから。新宿に凄腕ゲーマーがいるからさ、そろそろ挑んでみたいんだよね。この前、そいつが通ってるっていうゲーセンに行ったんだけど、会えなくて」

そのゲーマーとは、別のゲームの大会で会ったきりだ。彼も彼で忙しいのだろう。

「それじゃあ、僕も便乗させて貰おうかな」

「ああ。人数は多い方がいい――し？」

急に割り込んで来た第三者の声に、僕と永田は恐る恐る振り向く。つい返事をしてしまったけれど、この声は、もしかして……。

「やあ、カズハ君。今朝ぶりだね」

そこにいたのは、爽やかな笑みを湛えた朝のイケメンだった。思わず、「ぎゃっ」と声をあげる。

「ど、どうしてここに……」

「僕は留学生でね。今日からこの大学でお世話になるってわけさ。今朝は大学の場所が分からなくて困っていたけど、君のあとをついて行ったら見つかったってわけさ」

「僕のあとを……」

まさか、カラスにおにぎりを突かれて半泣きになっているところを見られたとは。

いや、それよりも、付いてくる気配なんてなかったはずだけど。

「僕のことは、エクサって呼んでよ。よろしく、カズハ君」

エクサと名乗ったイケメンは、ふわりと微笑んで手を差し伸べる。あのチャーム効果満載の笑顔だ。というか、名乗っていないのに、なんで名前を知っているんだ。

「お、おう……」と早速魅了されている永田を小突く。彼は我に返り、頭を振って気を取り直した。

「り、留学生か。俺は永田。どっから来たの？」

永田は律儀に席を空けつつ、エクサに話しかける。「ありがとう」と礼を言いながら、エクサはその席に着いた。僕と、永田の間の席に。

「アメリカから来たんだ。まだ日本の文化に慣れていないから、色々と教えて欲しいな」

「おうよ。それじゃあ、早速、四限が終わったらゲーセンにでも行こうか！」

永田は目を輝かせながら、「いいよな、葛城」と言う。

「う、うん」

だけど、僕はあまり乗り気ではなかった。

この留学生に、謎の違和感を覚えて仕方が無いのだ。いや、違和感というよりも嫌な予感に近い。かと言って、彼を仲間外れにするのも気が引ける。どうしたものかと思っていると、携帯端末が小さく震えた。

「あ、着信？」と永田が気付いた。

「うん。うちの大家さんから」

そう、メフィストさんからのSNSだった。

『学校の帰りに大根を買って来て下さい』というメッセージが、無駄にファンシーなスタンプとともに送られて来た。夕飯の具材にするつもりだろうか。最近は、学校帰りに買い物を頼まれることが多い。いつもだったら、小間使いみたいに扱わないで下さいと反論するものの、今日は事情が違う。

「帰りに買い物を頼まれちゃったからさ、僕、今日は先に帰るよ」

「えー。大家さんから買い物頼まれるとか、いいように使われ過ぎだろ」

永田は苦笑する。僕も心底そう思うけど、この時ばかりはメフィストさんに感謝をした。

絶対に、いい大根を買って行こう。僕は目利きじゃないけど。

「あれ？　カズハ君は来ないんだ？」

相変わらずの笑顔で尋ねるエクサに、「ごめんな」と返す。すると、彼は笑顔のまま

こう言った。

「それじゃあ、僕もゲーセンはやめるよ」

「ゑっ⁉」

僕と永田の声が重なる。

「それよりも、カズハ君の住んでいるアパートに興味があるな」

「えっ、いや、それは」

思わず口ごもる。そこで、永田も「そうだよな」と乗ってしまった。

「俺も、葛城の家に行ったことがないんだよ。行きたいって言ってるのに、いつもお

茶を濁されてさ」

「いや、だって、それは」

エクサと永田が、興味津々な眼差しでこちらを見つめる。どうしよう。良い言い訳が見つからない。

冷静になればなるほど、あんなトンデモアパートを紹介してはいけないと思ってしまう。何せ、悪魔が大家を務め、アンドロイドと恐竜の子供と錬金術師と女装男子が住んでいる場所だ。まあ、女装男子は、僕と同じ一介の大学生でもあるけれど。

「あ、分かったぞ。なんで渋るのか」

永田は訳知り顔で手を叩く。

「大家さん、美人なんだろう」

確かに、メフィストさんはどちらかと言うと妖艶な美形だ。女子高校生からもウケがいい。

「きっと、黒髪ロングで料理上手なんだな。住民にごはんを作ってくれるんだろ。調理中はエプロン姿なんかになっちゃってさ」

永田は「いいなぁ」と夢見心地だ。

間違ってはいない。メフィストさんは黒髪にして長髪だし、料理だって上手い。僕達のごはんを作ってくれるし、厨房にいる時は食堂のおばちゃんスタイルだ。

「家庭的な人だけど、過去に人間関係でトラブルがあってさ。恋愛にはちょっと臆病なんだ。だけど、心を通わせていくうちに、黒髪美人はこちらに歩み寄って来てくれるわけだよ」

確かに、メフィストさんはファウストさんと悶着があった。だが、こちらに対する距離感は、最初からゼロ距離だ。

「永田。うちの大家さん、男だから」

「ちょ、マジかよ。じゃあ、俺はパスだわ」

「なんて露骨なやつ……。まあ、そういうわけだから、エクサも――」

「僕は興味があるな」

「マジでっ!?」

僕と永田は息を呑む。

「そっちだったのか……!」と永田は驚いた。

「ねえ、カズハ君」

エクサは笑顔で僕の手を取る。相変わらず、ぬくもりを全く感じない。やけにひんやりとして硬かった。

「僕は、君の家に行きたいな」

ぐっと彼の顔が近づく。寸分も乱れぬ完璧な笑顔が迫る様は、何よりも迫力があり、何よりも異様に見えた。

「だ、だ……」

駄目です、という拒絶の言葉が出て来ない。エクサの笑顔には、ノーと言わせない威圧感があった。

「ね、カズハ君。頼むよ。後学のためにさ。日本人の暮らしを知りたいんだ」

取ってつけたかのような理由である。だったら、相手は永田でもいいはずなのに。

一体、何が狙いなんだ。どうして、僕にばかり構うんだ。いや、寧ろ、狙いは馬鐘荘なんだろうか。

永田の方を見やるが、彼は目を爛々と輝かせて成り行きを見守っているだけだった。

僕は、完全に友人の見世物になっていた。

嗚呼、神さま。僕に味方はいないのでしょうか。

「は、は……」

「は？」とエクサが首を傾げる。

「は、破廉恥でござるぅぅぅ！」

僕の口から飛び出したのは、叫び声だった。「火事だ！」とか「痴漢です！」のそれに近い。

周りで平穏なランチタイムを過ごしていた学生達は、びっくりしてこちらを見やる。鉄壁の笑顔のエクサも、流石にこれには驚いたのか、しっかりと握っていた手が緩んだ。

「隙あり！」と、僕は手を振りほどき、一目散に食堂から逃げ出す。最早、全速力でキャンパス内を走っていた。後ろを振り返る余裕はない。ちょっとでも速度を落とせば、エクサが追い付いて来そうな気すらした。

一体、彼は何処の学科なんだろう。同じ授業を取っていたらどうしよう。

午後の講義は、変装をして出席するしかない。カツラでも被ればいいんだろうか。それとも、カラコンでも入れればいいんだろうか。

僕はつたない考えを巡らせつつ、一先ずは、大学の近くの百円均一ショップに駆け込んだのであった。

午後の講義の時に、あの、ストーカー的イケメンのエクサと遭遇することは無かった。実に平穏な時間が流れ、僕はいつの間にか居眠りなんかをしていた。

そして、メフィストさんに言われた通り、大根を買い、馬鐘荘に戻る。雑貨屋には、相変わらず、女子高校生がたまっていた。「かわいい」とか「これ欲しい」と言っているので、新作のマスキングテープでも見ているのかと思いきや、彼女達が手にしているのは木で作られた変な動物の呪具だった。

「メフィストさん、大根買って来ましたよ」

「お帰りなさい、カズハ君。ところで、どうしてアフロになってるんです？」

女子高校生の壁の向こうから顔を出したメフィストさんは、にこやかな笑顔のまま、僕にそう尋ねる。

「いやぁ。これは、変装で……」

すっかり忘れていた。

しどろもどろになりながら、アフロのカツラを頭から外し、星形フレームの眼鏡も顔から外す。くそっ、これをしたまま、スーパーに寄ってしまった。

「変装？　何かあったんですか？」

メフィストさんは興味津々だ。心配しているというよりも、面白そうだから食いつきたいと言わんばかりの顔だ。

「まあ、色々と」

怪しげなアイテムに夢中になっている女子高校生達を遠目で眺めつつ、メフィストさんに大根が何本か入った袋を渡す。アパートの住民用なので、個人のお宅ではなく、業務用とも言える量だった。

「いやはや、すいませんね。大根のみならず、魚も頼んでしまって」

「へ？」

「えっ？」

目を丸くする僕に、メフィストさんの笑みが引きつる。

「まさか、着信に気付かなかったんですか？」と言われ、慌てて携帯端末を確認する。

確かに、ＳＮＳでメフィストさんからのメッセージが来ていた。僕が、講義で居眠りをしている時に。

「す、すいません……」

僕が謝ると、メフィストさんは盛大に溜息を吐く。

「困りましたねぇ。今日はお客さんが途切れなくて、買い物に行けなかったんですよ。このままだと、夕飯のおかずは魚肉ソーセージ一本ですね」

「なんという質素さ！」

大根が入った具だくさんの味噌汁に、ふかふかのご飯、そして、一緒に横たわる魚肉ソーセージ。

今日の献立を思い浮かべただけで、物悲しくなって来た。

魚肉ソーセージだって、サラダに添えられるのを楽しみにしていたことだろう。なのに、唯一のおかずという大役を背負って、単身で皿に横たわることになろうとは。

このままじゃ、僕達も魚肉ソーセージも可哀想だ。

「そ、それじゃあ、今からもう一度スーパーに行って――」

「その心配は無用だ！」

アパート側の扉を豪快に開け放って登場したのは、ゲルマン系イケメンのファウストさんだった。かつて大昔に名を轟かせた偉大な錬金術師らしいけれど、工事現場で作業をしているお兄さんのようにガタイが良く、最近は東急ハンズで素材を買ってはDIYに勤しんでいる。

メフィストさんと深い因縁があり、仲はちょっと複雑だ。その証拠に、ファウストさんが現れるなり、メフィストさんはおもむろに舌打ちをした。

「現れましたね、ロクデナシ」

最早、名前で呼んでいなかった。

「あなたに構ってる暇はないんです。接客中なので、店から出て行って、ついでにアパートからも立ち去って下さい」

「すごい塩対応！」と、僕は思わず叫んでしまった。

「もう、外は暖かくなって来ましたからね。寒さで凍えることなんてないでしょう。ドクトルはその辺の路上でログハウスでも作って、そこに棲んで頂けますかね」

「そんな豪邸に住んでいる路上生活者、見たことないんですけど……。というか、ファウストさんはやりかねないから、アイディアを提供しないで下さいよ！」

僕がメフィストさんにツッコミを入れる傍らで、ファウストさんは、「移動式ログハウスもいいかもしれない」と検討し始めた。

「駄目ですからね！　そんなことしたら、『路上にログハウスを作らないこと』なんていう変な条例が、豊島区に出来ちゃうじゃないですか！」

僕はぴしゃりと止める。

「ふむ。それは困るな。いざという時のために、今は大人しくしておこう」

いざという時が来ませんように。僕はそう祈った。

「で、魚をどうするんです？」

メフィストさんは話を戻す。そうだ。今は可哀想な魚肉ソーセージと、僕達を救うための策を考えなくてはいけない。

「言っておきますが、今から魚を培養するのは無しですからね。成長するまでに時間が掛かるし」

「培養」と僕は思わず聞いてしまう。

「ドクトルはホムンクルス――つまりは、人の手で造られた人間ですね。そういったものを作っていたんですよ」

「なにそれ、すごい！」

驚嘆する僕の前で、ファウストさんは得意げに胸を張る。

「そんな人が、なぜ今、DIYを……」

「元々、物を創造するのが好きだからな」

「生命創造とDIYが同列……」

「いずれまた、何らかの形で生命を誕生させたいものだ。ハンズには、素材が沢山売ってるし」

「ハンズの品で生き物を作らないで下さい⁉」

ドールハウスでも作りたいと言わんばかりのニュアンスで生命を誕生させたいと言った錬金術師に、僕は裏手ツッコミを入れた。

「だが、魚はすぐに必要だからな」

雑貨屋の窓から、外を見やる。日は暮れかけ、そろそろ夕飯の準備に取り掛からなくてはいけない時間だ。

「だから、俺が釣ってくる」

ファウストさんは、厚い胸板を張ってそう言った。

「何処で」と刺々しくメフィストさんが問う。

「勿論、地底で」

なるほど。馬鐘荘から繋がっている地下世界ならば、太古の生き物が沢山いる。マンモスもステーキに出来たことだし、魚だって食べられるはずだ。

これにはメフィストさんも納得したらしく、「はぁ、成程ね」と返した。

「しかし、ドクトルは釣りなんて出来ましたっけ」

「出来ないこともないが、天の国に登って以来、釣竿は握っていないな」

「お話になりませんね。五百年くらいブランクがあるじゃないですか」

「だから、釣竿は使わない」

そう断言したファウストさんの目には、子供のような好奇心と燃えるようなチャレンジ精神が宿っていた。

嫌な予感がする。メフィストさんも同じだったのか、顔を引き攣らせていた。

「釣竿を使わず、手で捕まえるとでも？　熊のように」

「いいや。これだ」

そう言ったファウストさんは、槍投げの選手のようなジェスチャーをしてみせた。

「もしかして、銛を使うんですか……？」

「その通りだ、青年！」

ファウストさんは嬉しそうに、僕を指さした。僕は思わず避けてしまった。

「俺が狙うのは大物だ。大勢で食べられるものを、一体仕留める。実に効率的だろう！　これが俺の、時短レシピだ！」

五百年くらい前に天の国に登った人は、喜々とした表情でそう言った。そんなことをレシピサイトで公開したら、全国の主婦、主夫さん達から怒られそうだ。

「丁度、中生代の海に繋がっているフロアを見つけたからな。ついでに、アンモナイトも採って来るさ」

「まあ、せいぜい首長竜の餌にならないようにして下さい」

メフィストさんは、「しっし」とあしらいながらそう言った。だが、ファウストさんは全く堪えた様子はない。「期待して待っていてくれ」と親指を立てた。この人、心が強い。

「まあ、マキシマム君もいることだしな」

「あ、マキシがいるんですね。それなら安心かな」

「それに、青年もいる」

ぽん、とファウストさんの大きな掌が、僕の肩を叩く。

「へっ？」

「カズハ・カツラギ君。喜びたまえ、君もメンバーの一員だ！」

「い、いやだ！」

両手を広げるファウストさんに、反射的にそう叫んでしまった。

「はっはっは、遠慮するな」

「遠慮じゃないですし！　僕が行ったところで、戦力にならないですから！」

「その、大物とやらの気はひけるんじゃないですかね」とメフィストさんが口を挟む。

「それって囮じゃないですか！」

「いやですねぇ。尊い犠牲ですよぉ」

「逃げ切れずに死んでる!?」

やはりメフィストさんは悪魔だ。こういうジョークは容赦ない。

「まあ、マキシマム君がいるなら、平気じゃないですかね。それなりに期待してますよ」

メフィストさんはそう言って、僕とファウストさんを店から追い出した。

ぴしゃりと雑貨屋に通じる扉が閉められ、僕とファウストさんは馬鐘荘に通じる廊下に取り残される。

廊下の先に見える下り階段を目指しつつ、僕はファウストさんに尋ねた。

「やっぱり、僕は囮なんですかね……」

「いや。青年はいざという時の行動力があるからな。危険を伴う仕事こそ、一緒に連れて行きたいのさ。君には、英雄になる素質がある。俺はそれを見届けたい」

「お空のお星さまにならないように、気を付けますね……」

犠牲になって英雄となることだけは避けたい。どうせ英雄になるのなら、生きてちやほやされたい。

「で、何を狙ってるんですか？　地質年代は？」

「地質年代は白亜紀後期。狙いはモササウルスだ」

モササウルス。

その名前を、脳内で復唱する。何故なら、声にならなかったからだ。

「えっ、なんて」

「モササウルスの活け造りを、今日の夕飯で振る舞って貰おう！」

聞き間違いではなかった。ファウストさんは、確実にモササウルスと言っていた。

モササウルスと言えば、恐竜が繁栄していた中生代に生息していた、海の大型爬虫類だ。全長十八メートルに達する個体もいて、その大きさは最大クラスである。アンモナイトやウミガメのように、殻や甲羅があるものをバリバリと食べていたらしい。

そんなのにひと噛みされたら、すみやかに海の藻屑になってしまう。

「その、大きなアンモナイトで勘弁して貰えませんかね」

「アンモナイトはつけあわせだな」

ファウストさんは、あっさりとそう言った。

「というか、ファウストさんは多足の軟体動物が平気なんですね。そちらの国の人って、苦手かと思って」

「悪魔と契約した身だからな。名状し難い冒瀆的な姿の存在に抵抗はない。それに、サシミは美味いしな！」

いつの間にか、日本の食文化で舌鼓を打っていたらしい。最早、この人に怖いものなんてないのだろうか。

「まあ、いいや。マキシもいるし……」

いざという時は、助けて貰おう。

友人に対する期待と、隣の錬金術師に対する不安を胸に、僕はのろのろと地底アパートへと戻ったのであった。

白亜紀後期に繋がる扉は、地底奥深くにある。

延々と下る階段は、まるで地獄にでも通じているみたいだ。まあ、人の業で穴を掘っているのだから、このまま掘り続ければ地獄に辿り着きそうだけれど。

流石に、地上から遠いフロアには、入居者がいない。不便だからということも勿論だが、何か良くないものを本能で感じ取っているのかもしれない。

ファウストさんに案内されながら廊下の奥へと向かうと、そこには長身の青年が立っていた。マキシだ。

「カズハ、講義は終わったのか」

マキシは瞬きを一つもせずに、こちらを振り向く。

彼は、未来の世界から来たアンドロイドだ。瞬きもしないし眠らないし、ご飯も食べないし、汗もかかないし、トイレにも行かない。だが、ロケットパンチは出来る。

以前はマンモスの相手もしたし、モササウルスの相手も出来るだろう。

「今日の講義は終わったけど、これからモササウルスを一狩りしなきゃいけないわけ」

「成程。モササウルスを狩るのはカズハの仕事か」

「いや、違うよ!?　僕は巻き込まれただけだからね!?　あんなヤバそうな恐竜、近くで見るだけでもおっかないし！」

「モササウルスは恐竜ではない。海に生息する大型爬虫類だ」

マキシはぴしゃりと言った。

そう言えば、恐竜というのは、中生代の陸上に生息する爬虫類のことだ。その中でも、ワニのようにがに股で歩いているのは、恐竜ではないらしい。逆に、恐竜時代のイラストによく描かれるプテラノドンなんかは、空が主な活動場所となるので、恐竜に分類されていないそうだ。

「モササウルスが恐竜かどうかはさて置き、あいつ、ティラノサウルスよりも大きいじゃないか」

映画『ジュラシック・ワールド』には、プテラノドンをばりばりと食べるモササウルスが登場した。物語の終盤でも、その恐ろしさを見せつけてくれたので、関わり合いになりたくない。

「カズハ。モササウルスは、全ての個体がティラノサウルスを上回るわけではない。若い個体や小さな個体を狙えばいい」

「あ、そうか。人間だって赤ん坊の時もあるもんな」

「アンドロイドと違って、生物は成長する」

マキシは、さらりとそう言った。

逆に、マキシは最初からクールな青年姿だったということか。当たり前だけれど、歳をとることもない。

シミもそばかすもない、なめらかな肌。そして、枝毛も白髪もない艶やかな髪。その姿はあまりにも完璧過ぎて、人間の姿をしているのに、人間からかけ離れているように思えた。

「ん……？」

「どうした、カズハ」

「いや。何だか既視感を感じたんだよな」

「既視感という言葉の中に、感じるという意味も含まれている」

「そんなところに、ツッコミを入れないでくれよ!?」

顔色一つ変えずに指摘するマキシに、僕は思わず声をあげた。

「まあ、いいや。気の所為だろうし。取り敢えず、小さな個体を狙えばいいか。と言っても、狙うのは僕じゃないけど……」

ちらりとファウストさんの方を見やる。

ファウストさんは、扉の前に置いてあった銛を手に、準備運動なんてしていた。僕の視線を受け、ファウストさんは無駄に爽やかに微笑み返す。

「勿論、大物を狙うぞ！」

ファウストさんは真っ直ぐな瞳でそう言った。その目は、無駄に燃えていた。

最早祈り飽きた僕は、胸中で念仏を唱える。

「……マキシ。いざという時は、フォローを頼む」

「了解した」と間髪を容れずにマキシは言う。実に頼もしい友人だ。

だが、その言葉には続きがあった。

「しかし、俺は海上の戦闘を想定して造られていない。従来の力を発揮出来ない可能性があるが、善処しよう」

再び、善処という曖昧な言葉が、アンドロイドの口から飛び出る事態となってしまった。

「まあ、うん、無理するなよ」

マキシの肩を、そっと叩く。全てを諦めた僕の顔には、穏やかな笑みが浮かんでいたことだろう。

そんな僕達の背中を、ファウストさんが大きな掌で叩いた。

「さて。準備は出来たか？　ならば、夕飯を求めていざ出陣だ！」

扉のすぐ近くに、布にくるまれた物体があった。ファウストさんが、布をおもむろに剝がす。

その下から出て来たものに、僕は目を疑った。

「なん……だって……!?」

現れたのは、木船だった。

丁度、三人が乗れそうなくらいの大きさだ。

「まさか、これでモササウルスを……」

「ああ。こんなこともあろうかと、俺がせっせと作っておいたのさ！」

高名な錬金術師がハンズのマテリアルで作った木船を前に、僕は意識を手放し掛けたのであった。

海は穏やかだった。

空は薄雲に覆われており、全体的にぼんやりと明るかった。その下に、大海原が広がっている。湖ではないと思ったのは、潮の香りが僕らを迎えたからだ。

「ここって、地底……ですよね？」

頭上を見上げながら、僕は問う。

「無論。ここにも、他の地底世界と同じく、天井があるぞ。海の水蒸気で雲を作っているようだな。光源も、太陽ではない何かだ」とファウストさんが言う。

「光源が太陽ならば、明暗に偏りがある。だが、現在我々がいる地底世界の『空』は、明暗が一律だ。よって、光源は太陽ではないと考えられる」とマキシも答える。

「なるほどな。流石は二人とも。頭が切れるよなぁ」

思わず感心してしまったが、何故、頭がいいはずの二人と共に木船に乗っているのか。何故、夕飯のためにモササウルスを仕留めようという話になっているのか。

「頭がいいって、何だろう……」

目を輝かせながら、銛を片手に魚影を探すファウストさんと、櫂を操りながらも、無表情で周囲を見回して警戒しているマキシを眺めながら、僕はぽつりと呟いてしまった。

もう、こうなると頭の良さは関係なく、性格の問題なんだろうか。湿気の所為で少しばかり空気が蒸していた。これで風でも吹いていれば、最高なんだろう。そして、モササウルス狙いでなければ。

「マキシマム君。魚影は探索出来ないのか?」

ファウストさんが、無茶苦茶を言う。「その機能はない」とマキシはぴしゃりと返した。

「仕方がない。ならば、新たに追加するしかないな」

「いやいや。マキシを勝手に改造しないで下さいよ。第一、そんなこと出来るんですか!?」

ぎょっとして、思わず口を挟んでしまう。すると、ファウストさんは「出来る」とあっさり肯定した。

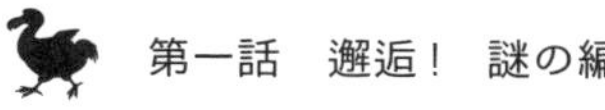


「マキシマム君のメンテナンスをしている時に、内部のカラクリを隅々まで調べてみたのさ。彼は実に興味深い。無機物なのに、ここまで人間に近づけられるとは」

　ファウストさんは無邪気に言った。マキシは、周囲を警戒しつつ、黙ってそれを聞いていた。

「俺は一時期、生命を生み出すことばかり考えていた。だが、無機物をいかに生物に近づけるかというのも、新たな命題に相応しい！」

「えっと、それじゃあ、もしかして……」

　嫌な予感しかない。この好奇心に満ちていて、無駄に実行力がある錬金術師の考えそうなことは、一つしかない。

「いずれ、機械生命体の創造にも着手したい」

　一点の曇りもない目で、ファウストさんは宣言した。

「だから、ハンズで素材を集めている」

「ハンズ製!?」

　思わず声をあげるが、この人ならばやりかねない。何せ、地底世界を自力で掘ってしまった人だ。

ちらりとマキシの反応を窺う。マキシの横顔は、相変わらずクールだった。何を考えているか分からない。でも、機械生命体として、思うことがあるかもしれない。

そう思っていた時、マキシが目をすがめる。

彼のココロは、どんな気持ちで揺れ動いているのだろう。それを汲み取ろうとした次の瞬間、船が揺れた。

「来た」

マキシは木船の後方を見やる。ファウストさんは、銛を構えて立ち上がった。僕は、咄嗟に船にしがみつく。

船の後方の海面は、黒く染まっている。一瞬、海の色が変わってしまったのかと思った。

だが、そうではないのだと、すぐに気付く。

海が、盛り上がったからだ。

「よしよし、来たぞ！」

ファウストさんが乗り出す。マキシが腕を構える。

船が大きく揺れ、大海原が波打った。船体が悲鳴を上げ、飛沫が頬にかかる。

波に翻弄される木船の後方に現れたのは、巨大な怪物だった。獲物の位置を見定めるように、大きな顔を海面から突き出す。

ワニのような口の、巨大な頭部。それは明らかに、モササウルスのものだった。

「で、でたぁぁ！　ティラノサウルス級の個体だぁぁ！」

僕はマキシの後ろに隠れる。だが、マキシは冷静にこう答えた。

「頭部の大きさから計算して、あの個体の全長は二十メートルと推測される」

「ティラノサウルス級を超えてる!?」

叫んだ僕は、モササウルスと目が合った。爬虫類独特の、何を考えているかよく分からない瞳が、僕の全身を嘗め回すように眺める。

硬直する僕。しかし、モササウルスは静かに海の中へと潜っていった。

「あ、あれ？　お帰りになられた？」

「いいや」とファウストさんが、銛を携えたまま海面を指す。それを見た僕は、息を呑んだ。

真っ黒な影が、木船の周りをゆっくりと旋回し始めたからだ。

「我々を捕食対象として認識した」とマキシが教えてくれる。

「多分、僕狙いだよな……」

「青年は若くて肉が柔らかそうだからな」

ファウストさんは爽やかに親指を立てる。褒め言葉じゃないし。

あとは、この面子の中で一番弱そうだからか。全てにおいて、僕が一番食べ易そうだ。マキシなんて、食べられないし。

「海中にいる間は、こちらは手出しが出来ない」と、影をじっと見つめながら、マキシは言った。

「そうだな。銛だろうがロケットパンチだろうが、水の抵抗で攻撃力がそがれてしまう。チャンスは、奴が全身を出した時か」

「顔じゃ駄目なんですか……？」と僕が問うと、ファウストさんは、自分の首の付け根の辺りに触れた。

「銛は一本しかない。間近まで接近出来ればいいが、そうでなければ投擲して使うことになるだろう。その時は、一発で仕留めたいのさ」

そして、首の付け根は生き物の急所ということか。

「うーん。マキシのロケットパンチがあっても、ワンチャンってところですしね」

「いいや。マキシマム君のロケットパンチは、回収が必要だろう？」

「あっ」

そうだった。マキシのロケットパンチは、自動的に戻ってくるわけではない。海に落ちてしまったら、それこそ、回収が出来なくなってしまう。

「だが、緊急の時はカズハとファウストの安全を優先にする。問題ない」

マキシはハッキリとそう言った。

「いや、問題あるって！」と思わず叫んでしまう。

「何故だ」

「マキシも大事な友達だからだよ！」

「俺は、腕を失ったくらいではスクラップにならない。腕も交換がきく」

「スクラップって……」

人間でいうところの、「死なない」という意味なんだろうけど、その単語は哀しい響きだった。

マキシはアンドロイドだから生きていない。だから、「死なない」という表現は適切ではない。そう思ってのことなのだろうが、胸が、ギュッと締め付けられた。

「まあまあ。二人とも」

僕達の間に、ファウストさんが割って入る。

「そのテーマに関しては実に興味があるし、おはようからおやすみまで生討論したいところだが、今はモササウルスに集中しよう。まずは、無事に晩飯を確保しなくてはいけない。そうだろう？」

無駄に爽やかに片目をつぶるファウストさんに、呆気に取られてしまう。

そうだ。今は、モササウルスをどうにかしなくては。

「と、兎に角、マキシは、自分も大切にしろよ！」

マキシにそう念を押して、モササウルスの魚影を確認しようとする。ファウストさんも木船の上から海面を覗き込むが、「ん？」と顔を顰めた。

モササウルスが、いなかった。

あの巨大な魚影が、周囲から失せていたのだ。

「カズハ、ファウスト、伏せろ！」

マキシが叫ぶ。次の瞬間、凄まじい衝撃が木船を襲った。大型トラックでも突っ込んで来たかのようなそれとともに、船体が真っ二つになる。一瞬、何が起こったのか分からなかった。

「カズハ！」

二つに分かれた船体のもう片方から、マキシが手を伸ばす。僕もとっさにその手を掴もうとしたが、その間に、ぬっと影が現れた。

モササウルスだ。モササウルスの顔が、壊れた木船から突き出している。

「まさか、真ん中に突っ込んで来るとは！」

流石のファウストさんも予想をしていなかったらしい。叫び声に悔しさが滲んでいた。

口を開くモササウルス。その目は僕を確実に捉えていた。海面から飛び出した巨体を捻り、僕を捉えようとした瞬間、どすっという鈍い音が響いた。

銛だ。モササウルスの首の付け根に、ファウストさんが投げた銛が命中していた。痛みのあまり、モササウルスは悶絶する。咆哮をあげ、全身をうねらせ、海の中へと帰って行こうとする。

危機一髪だったか。

だが、危険が完全に去ったわけではない。何とか沈まないように木片にすがろうと思ったその瞬間、ぐいっと物凄い力で引っ張られた。海の、中へと。

「ぎゃあああ!?」

「カズハ!」

「カズハ君!」

マキシとファウストさんの声が遠くに聞こえる。僕の視界は明るい天井から海の中へとダイブし、途端に息苦しくなる。

もがいて浮き上がろうとするものの、全く動けない。よく見れば、上着がモササウルスのヒレに引っかかっているではないか。

一方、モササウルスの目に宿る戦意は、完全には衰えていない。ファウストさんの一撃は、モササウルスを仕留めるには至らなかった。

まずい。絶体絶命の大ピンチだ。

まずは上着を脱がなくては。そして、海面に出なくては。

しかし、息が続かない。頭が痛くてしょうがない。このまま、海の藻屑になる前に、モササウルスに食べられてしまうのだろうか。

薄れゆく意識の中、モササウルスの巨体がびくんと跳ねるのを見た。それ以降、モササウルスはぴくりとも動かなくなり、腹を上にして少しずつ海面へと押し上げられていく。

一体何が起こったんだ？

混乱する僕の目の前に、手が差し伸べられる。

一瞬だけマキシかと思ったが、違った。その手を差し伸べたのは、あのイケメンストーカー留学生、エクサだった。

地下一階の食堂にて、夕食をとる人の波が引いた頃、僕達は隅のテーブル席に集まっていた。

「で、事情は大体わかりました。ロクデナシがモササウルスを仕留め損ね、カズハ君が食べられそうになったところを、助けて貰ったということですね」

メフィストさんだけが、席に着かずに仁王立ちになっている。言葉から刺々しさを、雰囲気から怒りのオーラを感じた。

そんな気まずさを微塵も感じている様子がないファウストさんは、「はっはっは」

と肩を揺らして笑った。

「一時はどうなることかと思ったが、カズハ君が無事で何よりだ。——ところで、そろそろ、俺の膝に載っているこいつをどかして欲しいんだが」

快活に笑うファウストさんは、石抱きの刑に科せられていた。漬物石が、正座をした膝の上にずっしりと載っている。

「反省したらどかしても構いませんよ」

「成程。それならば、まだどかせないな！」

ファウストさんは、笑顔で正直に刑期延長を申告した。もしかしたら、その膝の石は、永遠にどかして貰えないんじゃないだろうか。

「私も、まさか本気でモササウルスに挑むとは思わなかったものでしてね。いえ、挑みはするだろうけど、状況を見て退いてくれると思ったのです。ドクトルはその——一応、大人ですし」

そう思った自分が馬鹿だったと言わんばかりに、メフィストさんは長い溜息を吐いた。

「マキシマム君は、水中戦や海上戦は苦手ですしね。戦力が普段通りだと考えない方がいいのに」

僕の隣でそれを聞いていたマキシは、黙っていた。相変わらずクールな横顔だったが、少しだけ悔しそうに見えるのは、僕の気の所為だろうか。

マキシはアンドロイドだけど、友達想いで責任感が強い。だから、今回の一件だって、思うことがあるはずだ。

だが、それよりも気になることがある。

僕達の向かい席にいる人物のことだ。

「まあ、過ぎたことは仕方がありませんね。結果的に、モササウルスの肉も手に入ったし、このエクサ君のお蔭で、カズハ君の命も助かりましたし」

そう、向かい席には、エクサが座っていた。あの人当たりのよさそうな笑みをたたえたまま、一連の話を聞いていた。

「で、君は一体何者なんです？　ドクトルの一撃で弱っていたとはいえ、モササウルスを仕留めたり、生身で海上を飛行したりしていた、君は」

そう。僕は気を失っていたから知らなかったけれど、マキシとファウストさんが言うには、エクサは飛行していたらしい。文字通り、飛んで海上までやって来て、僕を救助してから、飛行して陸上まで運んだのだという。

そんな真似、人間に出来るとは思えない。

いや。悪魔、アンドロイド、錬金術師がいる中、超能力者が現れても不思議ではないけれど。

僕が凝視していると、エクサはアイドルみたいに完璧な笑顔で、こう言った。

「改めて自己紹介をしましょう。僕はエクサ。正式名称は、長いので割愛させて下さい。単刀直入に言うと、僕は未来から来たアンドロイドなんです」

「ね……！」と思わず声をあげた僕に、「ね？」とエクサは首を傾げる。

「猫型ロボットじゃないのか……？」

「なんだい、それ？」

「いや、なんでもない……」

猫型ロボットじゃないのに『未来の世界の猫型ロボット』にこだわるのは、マキシが開発者に教え込まれたシュール過ぎるギャグだ。それに無反応ということは、開発者が違うということである。

「いつの時代だ。開発者は誰だ」

マキシは問う。その眼差しは、いつもよりも鋭く見えた。

エクサは、その視線をさらりと受け流して肩を竦める。

「君は多分知らないよ。異なる未来から来ただろうし」

「異なる未来？」

今度は、僕が問う番だった。

「未来は幾つもある。平行世界というべきかな。例えば、僕がいた世界は、過去に僕がこうしてやって来なかった世界なのさ」

エクサは続けてこう言った。

たとえば、Aさんから生まれたBさんがいるとする。Bさんと同じ時間軸にいたCさんが過去に遡り、Bさんを産む前のAさんを手にかけてしまったとすると、Cさんと同じ時間軸にいたBさんはどうなるのか。

答えは、Cさんと同じ時間軸にいるBさんはそのままで、もう一つ、Bさんが生まれないという世界が出来るということになるそうだ。

「タイムパラドックス――つまり、時間旅行者の介在による矛盾を避けるために、平行世界が存在するのさ。君――マキシマム君だっけ」

エクサはずいっとマキシに詰め寄る。マキシは、黙ってエクサのことを見つめていた。

「僕からしてみれば、君は旧式だね。だけど、僕の世界に君という個体が存在した形跡はない。だから、平行世界の住民に違いないと結論付けたわけ」

「平行世界……」

矛盾を避けるために、干渉があった世界と、本来の未来は切り離される。それを聞いた僕は、或ることを思い出した。

「ってことは、マキシの世界は、そのままなのか？」

マキシは確か、災厄によって人類の危機が訪れた世界からやって来たはずだ。災厄はなんとか阻止出来たものの、マキシのいた世界は、災厄が起こらなかったことにはならないのか。

マキシは僕の想いを察したのか、しばらく黙っていたが、こう答えた。

「この世界が災厄から救われたのならば、それでいい。開発者も、それは分かっていたはずだ」

「マキシ……」

僕は、どう声を掛けてやるべきか分からなかった。

そんな僕達を、事情を知らないエクサは不思議そうに見つめていた。

「因みに、エクサ君。君がこの時代のこの場所に来た理由は？」

メフィストさんは、飽くまでも穏やかに尋ねる。

「先ほど、いきなりアパートに侵入してきた時は、一一〇番しようと思いましたけどね。君にも、それなりの事情があることでしょう」

庭で怪しげな植物を栽培し、店で怪しげな薬物を売っているメフィストさんは、ふんぞり返りながらそう言った。

「ああ。先程はすいませんでした。カズハ君がピンチになってたみたいで、つい」

「へ？　どうしてそれを」と僕は目を瞬かせる。

エクサは立ち上がると、僕の方へと歩み寄る。そして、ズボンのポケットに、おもむろに手を突っ込んだ。

「ぎゃー、へんたい！」

「これはもう、要らないね」

僕のポケットから、ボタン電池ほどの小さな金属の塊を取り出した。それを見たマキシは、「盗聴器か」と目を見張った。

「流石は、センパイ。感知は出来なかったけど、正体は分かったみたいだね」

エクサは言葉に皮肉を混ぜながら、それを自分のポケットにしまう。一体、いつの間に入れられていたんだろう。というか、今までの会話は全部筒抜けだったんだろうか。

「どうしても、このアパートに来る必要があったんです。この時代のこの場所は、特異点という扱いでしたからね」

エクサはメフィストに向き直る。悪魔が作った、人間の業で深くなる地底アパートなんて、特異点の塊だろう。

「で、その特異点で何をする気ですか？」

「未来の発展のための研究ですよ」

エクサは笑顔を崩さぬまま、そう言った。

「僕は、或る目的のために造られました。その目的とは、人間のように生きること。――つまり、やりたいことをやるというのが、僕の使命です」

「やりたいことをやる……」

僕は、小さな声で復唱する。

それが人間らしい生き方だということに、違和感を覚えた。果たして、人間は本当にやりたいことがやれているんだろうか。みんなが我慢をしながら、社会の荒波の中で必死にもがいているように思えるけど。

（でも、未来はそうじゃないかもしれないしな。そもそも、エクサ自体がメイドインジャパンとも限らないし）

留学生で通じるほどに、彼は日本人離れした容姿だ。どちらかと言うと、アメリカ風の顔立ちか。

そんなエクサに、メフィストさんは怪訝な視線を送っていた。胡散臭いことこの上ないので、無理もない。

だが、そんなメフィストさんに、エクサはこう言った。

「僕はここに住みたいんです。ただで置いてくれとは言いません。住み込みで、働かせて下さい。社会勉強のチャンスが欲しいので」

「積極的に働きたい――と」

「はい」とエクサは答える。

「採用しましょう」

即答だった。メフィストさんの表情は穏やかになり、声色は極めて優しくなっていた。

「社会勉強ならば、仕方がありませんね。一先ず、君の部屋を用意しましょうか。好きなフロアを選びなさい」

「わぁ、ありがとうございます!」

エクサは笑顔を弾けさせる。アイドルも顔負けの笑顔だった。

そして、僕とマキシの方を振り向いて、こう言った。

「宜しく、カズハ君。そして、センパイ」

「は、ははは……」

エクサの笑みから、彼の感情は読めない。だが、黙ってエクサを見つめているマキシと、火花を散らしているように見えた。

「ふむふむ。これは、面白いことになりそうだな!」

そんな様子を、ファウストさんは石を抱きながら、実に楽しげな表情で見つめていたのであった。

# こぼれ話　爆発、パン屋さんの新作！

僕達は、夜の廊下を歩いていた。

午後十時を過ぎると、馬鐘荘の廊下は静かになる。規則正しい生活をしているというよりも、騒ぐとメフィストさんがおっかないからだ。

そんな中、僕は或る人物を探していた。その隣にいるのは、長い髪をツインテールにした可愛らしい女子——の姿をした女装男子の加賀美だった。

僕達は、嗅覚を研ぎ澄ませる。

「今日はいるかな」と加賀美は薄暗い廊下の先を見つめた。

「どうだろうな。あの人の行動パターンって、いまいち読めないんだよな」

「大学の教授だし、授業で忙しいのかも」

「自称だけどな……」

僕達は、インディなんちゃらを連想させる自称教授を探していた。おでん屋さんの屋台に乗って逃走したのを見送って以来、彼の姿を見ていないのだ。

「遺跡の調査にでも行ってたりして」と僕はぼやく。

「有りえる」と加賀美。

「あーあ。おでん、食べ損ねちゃったなぁ」

加賀美は残念そうだ。僕だって、ピカイアのさつま揚げ以外のものを食べたかった。

僕達の目的は、教授の売っている食べ物だ。コンビニはそんなに遠くないし、夜もそこまで更けていないけれど、この日は無性に、あの予想斜め上の食べ物を口にしたかった。

「また、パンを売ってるのかな」と加賀美は呟く。

「多分。それか、新メニューかも」

「アンモナイトパンやカンブリアおでんは、形こそ妙だったけど、食べ物としてはまともだったしね。変に凝らないで、その路線を攻めて欲しいな」

「変って？」

僕が尋ねると、加賀美は両手をワキワキとさせる。

「虫料理とか」

「ヤダー！」

「ぼくだって嫌だ。虫、苦手だし」

加賀美は、それこそ苦虫を噛み潰したような顔でそう言った。

「僕は平気だけど、食うのは嫌だよ……」

教授は、虫食も平気そうだなと思う。虫を売っていたら、何も見なかったふりをして部屋に帰ろう。

「あのさ、加賀美」

「しっ」

階段に差し掛かった時、加賀美は口に人差し指を当てる。「物音がする」と上階の方を見やるが、僕達がいるのは地下二階だ。

「メフィストさんじゃないのか？」

それか、このアパートの住民だ。地下一階には共有スペースもあるし、誰がいてもおかしくない。

「メフィストさんだったら、遠慮なく物音をさせるだろ？　そうじゃないんだ。どっちかと言うと、物音をさせないようにしているかのような……」

「まさか、泥棒か」

僕と加賀美は顔を見合わせる。

「そうだとしたら、メフィストさんに見つかったら可哀想な目に遭わされるかもしれない。早く逃がそう」

「そうだな」

満場一致だった。

僕達は足を忍ばせて階段を上ると、ほとんどの照明が消されている地下一階の廊下に足を踏み入れた。

移動するのに支障がない程度に、非常灯がぽつぽつと点いている。数時間前、廊下の奥まで見渡せそうなほど明るかったのが、嘘のようだ。

人気も無く、加賀美の聞いた物音も空耳かと思うくらいだが——。

「あっ」

思わず、声をあげてしまう。

食堂の方から、光が漏れていたからだ。

「メフィストさんかな」

「いいや。この時間は、店の方にいるはずだけど」と加賀美は答える。

「じゃあ、やっぱり泥棒……」

「案外、お腹を空かせたファウストさんかも……」

「それじゃあ、ホウ酸団子を食べる前に止めないと」

僕の言葉に、加賀美も頷いた。凶悪な泥棒じゃありませんようにと、ファウストさんが既にホウ酸団子を食べていないようにと祈りながら、扉が半開きになった食堂を覗き込む。

飲食スペースの照明は消えていた。人の気配はない。

だけど、厨房の方から光が漏れている。そして、何故か鼻歌も聞こえた。

「このメロディ、聞いたことがある。ディズニーランドで……」

「僕は、金曜ロードショーで……」

今にも未開の土地や未知の遺跡へと冒険に行きそうなこの旋律は、間違いなく――。

「そこにいるのは何者だ！」

「ひぃ、すいません！」

凛とした声に、反射的に謝ってしまう。よく通る声の持ち主は、食堂の奥にある厨房にいた。

　中折れ帽を被ったハンサムな男の人だ。冒険家のような出で立ちで、どう見てもアパートの厨房に似合わない。そして、何故かジャケットの肩が破れ、そこから筋骨隆々な腕が顔を覗かせていた。

「教授！」

　僕達の声が重なる。

「おお、君達か！」

　教授は日に焼けた顔で、白い歯を見せて笑う。すっかり顔を覚えられてしまったようだ。

「ど、どうしてこんなところに？」

　僕は尋ねる。厨房の照明も点いていない。漏れていた光は、教授の帽子につけられたヘッドライトのものだった。

「新商品の開発をしたくてね」

「新商品？」

　僕と加賀美は、教授の方へと歩み寄る。

どうやら、料理の真っ最中だったらしい。ボウルの中に、トロトロにかき混ぜられた食材が入っている。

「何を作ってんの？」

加賀美は興味津々だ。「ケーキさ」と教授は答えた。

「ケーキ⁉　どんなケーキなの？」

加賀美は目を輝かせる。教授は、親指を立ててこう言った。

「カンブリアおでんと来たら、石炭紀ケーキがいいと思ってね。石炭紀の生き物を模したケーキを作ろうと思ったんだ」

「石炭紀の生き物って、どんなのでしたっけ」と僕は問う。恐竜の時代よりも古いということぐらいしか知らない。

「ケーキになるくらいだもん。きっと可愛いんだよ。ぼくみたいに」と加賀美は胸を張る。

「ああ、彼らは可愛いね。巨大昆虫は、男のロマンさ」

「巨大昆虫ゥ⁉」

加賀美が目を剝く。そんな彼に、教授は完成図を見せてくれた。

何故か宝物の地図のように古ぼけた紙に描かれているそれは、紛れもなく虫だった。脚がうぞうぞと生えているものや、台所にいたら潰されそうなフォルムの虫もいる。男の僕も、あまり歓迎出来ない奴が多かった。

「あっ、トンボだ。トンボなら可愛い！」

加賀美は、脚がやたらと多い虫や、いけ好かないフォルムの虫を見ないようにしながら、トンボの絵を見つめた。

「そいつは、メガネウラだな。カモメほどの大きさだ」

「可愛くない！」

カモメほどの大きさのトンボの複眼に見つめられた日には、安らかに卒倒出来ることだろう。小学生の頃、埼玉の地でトンボを捕まえまくったことがあるけれど、メガネウラにはそのまま連れ去られそうだ。

「で、このメガネウラのケーキを作っている……と」

「そうだ。等身大のね」

教授はウインクをする。僕達はそっと目をそらす。

「何度か挑戦しているんだが、どうもうまく膨らまなくてね」

「まあ、その大きさですしね……」

「そんな時、この厨房に秘薬があると聞いたのさ」

「誰から」と加賀美が尋ねる。

「通りすがりの錬金術師からね」

「ファウストさんだ！」

僕と加賀美の声が、またも揃った。錬金術師と言ったら、ファウストさんくらいしかいない。小学生男子並みの好奇心と行動力、そして、日曜大工の印象が強いけど。

教授のヘッドライトの明かりを頼りに、厨房をぐるりと見回す。一見すると、何の変哲もない食堂の厨房だ。寧ろ、小奇麗に片付いている。冷蔵庫も人が入れるほど大きいものの、それは食材をたんまり入れるためだろう。家電量販店で売っていそうな、シンプルなものだった。

だが、棚の中に解せないものがあった。

よく見る調味料に交じって、怪しい小瓶があったのだ。ラベルに髑髏マークがついているという、あからさまなものが。

「こいつは、海賊の遺した宝かもしれない」

教授が唐突にそう言った。「なんで!?」と思わず叫んでしまう。

「ジョリー・ロジャーが描いてある。海賊旗なんかに描かれているやつだな。海賊はこの印で、『降伏しないと危害を加える』と相手を脅していたのさ」

「ま、まあ、危険を知らせるという意味では同じなんでしょうけど……」

きっとそれは、メフィストさんの開発した危ない薬だ。ホウ酸団子の上を行くトラップの材料かもしれない。だけど、教授はそれを手にしてしまった。

「えっ、それを混ぜるの?」と加賀美もギョッとする。

「混ぜるべきかどうかは、味見をしてから決めよう。ケーキに相応しい調味料じゃないかもしれないからね」

いやいや。知恵を働かせるべきところはそこではない。

教授は、怪しい小瓶の蓋を開けようとする。僕と加賀美は、それを止めるための言い訳を考える。

その時だった。食堂の扉が、大きく開け放たれたのは。

「何をしているのです!」

「げぇ、メフィストさん!」

入り口に立っていたのは、メフィストさんだった。長い黒髪を振り乱し、殺気をまとっている。

「厨房は聖域です。許可なき者が踏み入るとは、言語道断！」

「悪魔が聖域を語らないで下さい！」

「問答無用！」

メフィストさんは大股でやって来る。これはいけない。かなり怒っている。

教授もその気配を察したのか、慌てて小瓶を戻そうとする。だが、慌てたのがいけなかった。教授の手が滑り、蓋が半開きになった小瓶がボウルの中へと真っ逆さまに落ちる。

「あっ」

全員の声が重なった。

ボウルの中のかき混ぜられた食材が、何故か鮮やかな青に輝く。そのまばゆい光が、今にも弾け飛びそうなくらいに膨らみ出した。

「やばい！　なんだかよく分からないけど、やばい！」

「君達、この中に入るんだ！」

教授はとっさに、冷蔵庫の中身を全て取り出し、中へと入る。僕と加賀美は促されるまま、教授とともに冷蔵庫に潜り込んだ。

ぎゅうぎゅうの寿司詰めだ。それにもかかわらず、教授は冷蔵庫の扉を閉める。

次の瞬間、凄まじい衝撃が僕らを襲った。加賀美が僕にしがみつき、僕が教授にしがみつく。

ぐらぐらとして気持ちが悪い。まるで、冷蔵庫全体が揺さぶられているみたいだ。

しばらくすると、お尻が割れんばかりの衝撃と共に、その揺らぎは治まった。

「やれやれ。爆発に巻き込まれたようだが、命だけは助かったな」

教授はそう言いながら、冷蔵庫の扉を内側から蹴飛ばす。

成程、あの後、ボウルが爆発したのか。そうとしか思えない衝撃だった。

「ぼく、気持ち悪い……」

外から射す光が、加賀美の真っ青な顔を照らす。

「酔ったんだろうな。僕も気持ち悪い」

「ほら、二人とも。手を貸してやるから、外に出て来るんだ」

真っ先に見えたのは、夜空だった。光が射したと思ったのは、外灯だったらしい。

だが、周りには見慣れない植物が生えていた。南国の木々が風に揺らぎ、潮のにおいがする。

「どうやら、ずいぶんと飛ばされてきたようだな」

やれやれと汗を拭う教授の横で、僕は意識を失いそうになったのであった。

僕達が不時着したのは、南国の島の類ではなく、サンシャインシティの屋上にあるサンシャイン水族館だった。警備員さんに怒られながら帰路に就いた僕達を待っていたのは、地面に大穴が空いた西池袋だった。

幸い、怪我人の類は無く、アパートの天井に大穴が空いただけで済んだ。きっと後日、ファウストさんが塞いでくれるだろう。

帰宅した僕達が、爆発に巻き込まれてアフロ状態になったメフィストさんに夜明けまで説教をされたのは、また別の話。

## 第二話　衝突！　二人のアンドロイド

爽やかイケメンとして現れたエクサは、食えない奴だった。

あっという間にメフィストさんに取り入り、アパート内の掃除なんかを任されていた。そのお蔭で、他のアパートの住民とはすっかり仲良しだ。

「でもさ。本当に助かるんだよね。この前なんて、モデルの仕事で遅くなった時に、スタジオまで迎えに来てくれたしさ」

コンビニで買って来た抹茶ラテを啜りながら、加賀美は言った。

僕達は今、馬鐘荘の食堂にいる。休日のランチタイムが過ぎた時間帯で、食堂には僕達しかいなかった。

「くるっ、くるぅ」

テーブルの下から、ニワトリのように羽毛をモフモフと生やした小さな生き物が現れる。ヴェロキラプトルの幼体、タマだ。

タマは、長い尾をぴょこぴょこと持ち上げた。

「タマも、毛づくろいをして貰ったんだってさ。ほら見て、いつも以上にモフモフだから」

「くるぅ！」

タマが背中をそらしてみせるので、お腹の羽毛を撫でてみた。すると、フカフカというかフワフワというか、そんな優しい感触に包まれ、思わず、溜息が出てしまった。

「やばいな。タマのお腹が天国じゃないか……！」

「天国っていうと、ファウストさんがいたところだしなぁ」と加賀美は眉尻を下げる。

「じゃあ、極楽にしよう」

僕達は頷き合った。最早、天国には面倒くさい人達が収容されているイメージしかない。

「まあ、僕もゴミ捨てを手伝って貰ったりしてるけどさ。どうも引っかかるんだよな。完璧すぎて」

エクサは、未来の世界から来たと言っていた。そして、社会勉強をしたいと言っていた。未来の発展のために。

「そもそも、ここで得た情報って、未来に持ち帰れるのか？　マキシだって、未来に帰れなかったじゃないか。それに、平行世界問題だってあるし……」

「それらについては、対策をされている可能性がある」

僕の隣に座っていたマキシは、静かにそう言った。

「どういうこと？」と加賀美が問う。

「『やりたいことをやる』のが、エクサの使命だ。恐らく、そのやりたいことが何なのか、それを実行するためにどのようなことをするのか。それらを監視されているはずだ」

「監視……」

あまり良い響きじゃないな、と僕は思った。だが、マキシは淡々と続ける。

「アンドロイドは、自然の中で発生する生物とは違う。何らかの目的を以て製造されるものだ。彼もまた、意図があって『人間のように』作られている」

「人間のように……か。確かにあいつ、感情が豊かだよね。あと、ちょっと分かり難いところがあるっていうか」

加賀美は言葉を濁す。僕と同じことを考えているんだろうか。

「腹に一物ありそう？」

「そうそう、それ。あの計算し尽くされた笑顔、ぼくと同業者かと思った」

加賀美は盛大に頷く。

そう。全てを正直に話してしまうマキシと違って、エクサは含みのある言動が多かった。顔は完璧な笑みを浮かべてるけど、心の中ではどう思っているか分からないオーラを出しているということが何度かあった。

「何て言うか、胡散臭いんだよな。胡散臭さで言うと、五分の四メフィストさんくらいか」

「メフィストさん成分を八割含有しているなんて、相当だよね」と加賀美も頷く。思わず、メフィストさんを単位にしてしまったけれど、伝わったようで何よりだ。

「でも、助かってるのは事実だしな。アンドロイドだから雰囲気が違うだけかもしれないし、何かされたわけじゃないから、こうやって彼是いうのは良くないのかも」

加賀美はそう言いながら、タマの頭をぐりぐりと撫でる。タマは「くるぅ」と気持ちよさそうに目を細めた。

「まあ、僕は盗聴器を仕掛けられたけどな……」

「どんまい。そういうこともあるある」

「あるあるで済ませないでくれよ！　あれから、ことある毎にポケットの中身を確認する癖がついたんだからな！」

「別にいいじゃん。寝ている間に、メフィストさんに馬乗りになられてたりするし、盗聴器の一つや二つ」

「あああ、僕のプライバシーはいずこへ……！」

　頭を抱える僕を見て、タマは心配そうに「くるぅ……」と鳴いた。

「安心しろ、カズハ。あのタイプの盗聴器は記録した。次は感知出来る」

　マキシはポーカーフェイスのままそう言った。何処となく口調が柔らかく聞こえたのは、僕の願望からだろうか。

「有り難う、マキシ。――因みに、マキシはどう思ってるわけ？」

「何がだ」

「エクサについてだよ。マキシに突っかかってたしさ。やっぱり、ちょっと腹が立ってたりするよな」

「特にそのような感情は無い」

マキシはぴしゃりとそう言った。

「じゃあ、アンドロイドとしての仲間意識は？　逆にほら、ちょっと嬉しかったりして」

加賀美が問うものの、マキシは再び、「特にそのような感情は無い」と返しただけだった。

「『人間らしい』場合は、そういう感情を持つものなのか？」

逆に問われ、僕と加賀美は顔を見合わせる。

「まあ、一応」

「そんな感じかなぁ……」

「では、エクサはそのように感じる可能性がある。だが、俺はそのような機能はない」

マキシは表情少なに、だが、ハッキリとそう言った。

「エクサと俺は、異なる個体だ。仲間意識はない」

「でもほら、分類は同じだし……」と加賀美は遠慮がちに言う。

「では、カオルはチンパンジーに仲間意識を感じるか？」

「えっ？　い、いや、感じないかな……。そりゃあ、人間とサルは近いけど」

その反応に、「予想通りの結果を観測した」とマキシは頷いた。

「類似点を見つけた時に喜ぶのは、その類似点を持つ他の個体が欲しいと思っていた時だ。そのような時に、該当の個体を見つけると、仲間意識というものが生まれる」

仮に僕であれば、ゲームが好きな相手がいれば嬉しい。正直、同じゲームで遊べれば、老若男女問わないし、アンドロイドだろうが悪魔だろうが恐竜だろうが構わない。

逆に、ゲームが嫌いな男子大学生がいたところで、別に嬉しくはない。

「マキシは別に、アンドロイド仲間が欲しかったわけじゃないってこと？」

「そうだ」とマキシは頷いた。

「俺に、寂しいという感情は無い」

マキシはそう言い切る。あまりにも断定的で、取りつく島はない。だが、その言葉に続きがあった。

「カズハやカオル、そして、タマもいるから、寂しいという感情は芽生えない」

「マキシ……！」

僕と加賀美の声が重なる。タマも、「くるっ」と長い尾をぴょこんと上げた。

そうか。マキシはもう、僕達を仲間として認識しているから、近い相手を仲間だと思い、ココロの隙間を埋めなくて済むということか。

「エクサは、俺とどちらが優れているか勝負をしたいと言ってきた。だが、製造者も製造年代も、世界線も異なり、条件が合わないので、正確な勝敗は判定出来ないと断った」

マキシはさらりとそう言った。

「どちらが大人かという勝負は、マキシの方に軍配が上がったね」と、加賀美はにやりと笑った。

「確かに、製造年代では、俺の方が前のようだが」

「いやいや、そういう意味じゃないって」と加賀美が笑う。

「それにしても、『人間らしい』って何なんだろうな。確かに、エクサの方が器用に生きられそうだけど」

でも、無駄なことも多そうだ。今のマキシの話を聞く限りでは、エクサはマキシに対抗意識を燃やしている。だが、ご尤もな理由で、マキシに諭されてしまった。

「感情って、時として無駄なエネルギーを使ってるのかもしれないね。だからと言って、感情が無くなればいいってわけじゃないんだろうけどさ」

　加賀美が肩を竦めると、マキシはこう言った。

「感情は必要なものだ。感情があるからこそ、人間は向上し、成長する。好奇心があるからこそ、ファウストも歴史に名を連ねるほどの錬金術師になれた」

「そこでファウストさんの名前を出されると、説得力が霧散するなぁ……」

　確かにすごい人なんだろうけど、ああはなりたくない。

　僕と加賀美は、お互いにそう頷き合ったのであった。


　外に出ると、エクサが草むしりをしていた。律儀に腕まくりをして、軍手なんて着けている。その隣にはバケツが置いてあり、こんもりと雑草が詰められていた。

　エクサは僕が一歩踏み出すなり、「やあ」と挨拶を寄越した。

「外出かい？」

「まあ、そんなところ。ゲーセンに行こうと思ってさ。友達と約束してるんだ」

「永田君？」

「ちゃんと覚えてるんだな。そうだよ」

メフィストさんの怪しげな庭園をぐるりと見回すが、あの正体不明の草花は生えたままだ。エクサがきっちりと見分けて、物分かりよく残しているのだろう。いっそのこと、毟ってしまった方が平和な気がするけど。

「すっかり、メフィストさんにこき使われてるな。手伝おうか」

「いいや。僕からやりたいって言ったんだ」

エクサは爽やかな笑みを浮かべる。

完璧だ。非の打ち所がないイケメンスマイルだ。老若男女問わず、ドキッとしてしまいそうだ。あまりにも眩しくて、つい、目を細めてしまう。

「初めての作業だったから、実行しているうちに、何かを感じると思って」

「……エクサには、ちゃんと心があるんだ？」

「あるよ。マキシマム君には無いのかい？」

悪びれもなく聞いて来たエクサに、「あるよ！」と思わず反論してしまった。目を丸くするエクサに、思わず口を噤む。

「っと、ごめん。そういう意味じゃなくて、『心と定義されるものが存在する』っていう前提のもとで造られたのかってこと。アンドロイドに限らず、ロボットって心がないって言われるじゃないか。僕はそう思わないし、何にだってココロは宿ると思うけど」

「言いたいことのニュアンスは、何となく分かるよ」

アンドロイドを自称したエクサは、瞬きをせず、汗もかかない顔で、曖昧な言葉に理解を示した。

「僕は、『心があるアンドロイド』として造られたのさ。感情表現を複雑に作り込んでくれたということだね。マキシマム君の製造コンセプトは分からないけど、彼よりは感情表現が豊かだと思うよ」

「う、うん……」

悔しいけど、それは認めてしまう。

マキシの感情表現は、基本的に白か黒だ。だが、エクサは灰色を持っているように見える。その曖昧さが、良いか悪いかは別として。

「そこも、『人間らしい』ということか」

「そういうこと。でも、僕は人間のように脆くない。兵器を搭載し、肉体を強化した人間ってところかな」

サイボーグに似てるかもしれない、とエクサは言った。

サイボーグとは、機械の身体を持った人間だ。エクサの心が人間のそれと変わらないのなら、両者はほとんど同じ存在と言えるかもしれない。

「うーん。でも、人間らしいっていうのも、結構大変だと思うんだよな。いいことばかりじゃないし」

「人間は、命令されたことに疑問を抱く。機械は、疑問を抱かない」

エクサは、間髪を容れずにそう言った。

「ん、確かに。工場のベルトコンベアなんかが、いきなり作業員に気を利かせたり、逆に、ストを起こしたりしないもんな」

そこまで言って、ふと、或ることに気付いた。

「いや、待てよ。それじゃあ、エクサは何か疑問を抱いたのか？」

僕の問いに、エクサはバケツに詰められた雑草を見やる。

「彼らを、大地から離してしまっていいのかと思って」

「ああー。雑草も一応、生きてるしな。でも、こいつらが生えてたら、メフィストさんの庭園がダメになっちゃうんじゃないかな。育てたいものを、育てられなくなっちゃうだろ？」

「それは分かってる」と、エクサにあっさりと返された。

「あ、はい。すいません……」

「ただ、人間のエゴのために、草花を選別していいのかと思ってさ。好きな植物を育てたいから、その他の植物を排除するなんて、傲慢じゃないかなって」

「……それを頼んだの、悪魔だけどな」

庭園の主たるメフィストさんは、人間のエゴを食い物にする悪魔だ。それについても、「知ってる」とエクサからツッコミを頂いた。

「だけど、草むしりをやっているのはここだけじゃないだろ？　何処の庭も、畑も、人間にとって不要なものは排除される……」

そう言ったエクサの横顔は、何処となく切なげだった。そこには、何の含みも無いように思えた。

ああそうか。僕の中で、警戒心が氷解する。

エクサは、生き物に優しいんだ。

生き物に優しくない奴は、雑草に同情なんて出来るはずがない。

「あのさ、エクサ」

「なんだい？」

「社会勉強するなら、僕と一緒にゲーセンに行く？　見た感じ、草むしりもほぼ終わったようなものだしさ。休憩して、現代人の遊びを一緒にやろうぜ」

エクサはきょとんとした顔で、僕のことを見つめていた。

数秒、いや、数十秒経っただろうか。呆けたように僕を見ていたエクサは、「ありがとう」と微笑んだのであった。


エクサは、律儀にメフィストさんに断りを入れてから、ゲーセンについて来た。

駅前のゲーセンは、相変わらず人で溢れかえっていた。UFOキャッチャーの前には、バッグにイケメンキャラクターの缶バッチをたくさんつけた女子達がたまっている。カップルなんかもいて、実に華やかだった。

だが、僕が目指しているのはそこじゃない。

女子があまり近づこうとしない、やけに濃厚な熱気に溢れた、アーケードゲームのスペースだ。

「よぉ、葛城」

アーケードゲームを見て回っていた永田が、こちらに気付いて手を挙げる。

「あれ？　エクサも一緒なんだ」

「社会勉強が出来るかと思って」と僕は答える。

「日本に来て、わざわざアーケードゲームとか。ま、交流を深められるなら、俺はいいけど」

そうだった。エクサが未来の世界から来たアンドロイドだということを知っているのは、馬鐘荘のメンバーくらいか。「あ、ああ」と永田に合わせて頷き返す。

「二人の仲を邪魔するようで悪いけど。よろしく」

エクサもまた、話を合わせてくれる。

なんて器用なアンドロイドなんだ。これがマキシだったら、未来の危機を阻止するために来たという盛大なネタバレコメントをくれるだろう。

「二人の仲、って……。別に変な関係じゃないからな。ただの友達だよ、友達」

僕の心境など露知らず、永田は肩を竦めてみせる。

「エクサもこれで友達だ。改めて、よろしくな」

「友達……」

一瞬だけ、エクサが真顔になる。だが、すぐに笑顔を取り繕うと、「うん、よろしく」と答えた。永田の顔は、何故か赤かった。

（……なんだろうな、今の）

マキシのように、プログラムで処理をしているという感じではない。やけに、人間らしい間だった。

（感動していたのとも、少し違う気がする。何か、思うことがあったかのような……）

だが、エクサに何を思ったのかを尋ねることは出来なかった。もやもやとした気分を胸にしたまま、僕達はアーケードゲームのコーナーをぐるりと回る。

「エクサがいたところはさ、アーケードゲームってどんな感じだったわけ？」

永田が尋ねると、エクサはこう答えた。

「僕はあまり知らないんだ。やったことがなくてね」

「へぇ。そういうのとは無縁そうだよな。ゲーム廃人の葛城と違って」

「は、廃人じゃないし！」と僕は思わず反論する。

「この前、講義を抜け出してゲームをしに行ったのは誰だよ」

「わたくしです……」

そっと目をそらしてみせる。

「新作ゲームのデモプレイが出来るイベントがあったから……」

「出席者のチェックの時、大変だったんだからな」

文句を言う永田に、「何が大変だったの？」とエクサが問う。

「一人一人名前を読み上げる教授がいるんだよ。で、返事が無ければ欠席。逆に、返事があれば出席になるわけ。俺、葛城の声真似したんだぜ」

「その節は、ホントにご迷惑を……」

僕はすっかり縮こまる。

「葛城の声真似芸人になったら、たっぷり稼がせて貰うからな」

永田の冗談に、エクサは「ははは」と笑う。こうして見ると、普通のイケメン留学生だ。アンドロイドだということを忘れてしまいそうになる。

「それじゃあ、せっかくだし、エクサが気になったのをやろうか」

「いいのかい？」とエクサは僕の顔を見つめる。

「ああ。だって、よく分からないままだと、ゲーセンにいてもつまらないだろ？　だから、興味があるものを、解説も兼ねてプレイした方がいいと思って」

「ありがとう。君達は親切だね」

エクサは僕達に向かって微笑む。僕も永田も、つられて笑ってしまった。

エクサの反応は、最早人間のそれだった。

いっそのこと、アンドロイドとしてではなく、人間として扱おう。余計な気遣いは不要だろうから。僕は、そう決意した。

「あの角の方で男子高校生と思しきがかじりついているのは、格闘ゲーム、通称格ゲー。ゲームのキャラクター同士を戦わせる、対戦ゲームなんだ。で、隅っこの方で濃いお兄さん達が集まってるのも対戦ゲームなんだけど、あれはまた毛色が違うかな。巨大ロボットを操作するサバイバルゲームって感じ。コックピットでの風景を体感出来るんだ」

「へぇ……」

エクサは興味深そうに、その様子を眺めていた。わがままボディの濃いお兄さん達は、何人かで盛り上がっている。近寄り難い雰囲気だが、楽しそうではあった。

「おっ、エクサもやる？」

永田はそちらのブースへ足を向ける。

だが、エクサは首を横に振った。

「ううん。もう少し、他のゲームも知りたいな」

「いいぜ、いいぜ。因みに、あそこにある、女子が集まってるのは音ゲー。奥にも音ゲーはあるけど、あっちは上級者向けかな」

ダンスゲームや太鼓のゲームの奥には、ＤＪのターンテーブルを模した筐体がある。そこに並んでいるのは、ただ者ではないオーラをまとった人達だった。

「いつも思うんだけど、あの人達すごいよな。キーを押す手が速すぎて見えないし」

「廃人ゲーマーを慄かせるなんて、音ゲーの連中はヤバいよな……」

永田はしみじみとそう言った。

音ゲーは魔窟のような気がして、僕は出来る気がしない。ダンスゲームなんて、二人でプレイする楽曲を一人でプレイしている人がいた。二人分のキーを足で踏まなくてはいけないのだが、その人の足は速すぎて見えなかった。

「でも、音楽に触れられるのはいいかもしれないね。音楽は人の心を豊かにするというし、音楽に合わせて身体を動かすのは、健康的で良いことかもしれない」

「エクサは建設的だなぁ」

永田は感心する。

「もしかして、音楽好きなの？」

「……。好きだよ」

また、間があった。今度は、相手の反応を窺うような答えだった気がする。もしかして、会話を成り立たせるにあたって、適切な回答を選ぼうとしているのか。

「へぇ。じゃあ、音楽をやったりすんの？　ギター弾いたり、作曲したり」

「僕は自分で音楽を作ることは出来ないんだ」

エクサはきっぱりと答えた。

「ふーん。エクサは器用そうだし、そういうの得意そうに見えるけど」

「教えて貰えれば奏でられるけどね。創造というのは高度なことだから、その能力に特化しないと」

「あー、分かるわ。クリエーターって、ちょっと他の人間と違うしな」

永田はエクサの言葉に納得した。

（多分、エクサにその機能が備わってないんだろうな）

僕はそう悟る。「えっと、他のゲームも見ようか」と話題をそらした。

「そうだな。あとは——」

永田が辺りを見回している傍らで、ふと、こちらに向かって来る人影に気付いた。

背丈は僕と同じくらいだが、雰囲気は幾分か幼い少年だった。

「ちわーっす。先輩、今日はお友達連れ？」

染色した金髪の男子が、こちらに向かって手を振る。黒いファーが付いたジャケットをまとい、腰にはシルバーアクセサリーをやたらとつけている。その後ろには、同年代と思しき取り巻きを二人ほど連れていた。

「えっ、あれ!?　ここ、池袋……！」

「パイセンがいるから、池袋まで遊びに来ちゃったってわけ。やり始めたあのゲームもテクを磨いたって聞いたし、俺と対戦して下さいよ」

金髪男子は、右手を銃の形にすると、「バン！」と僕に向けて撃った。

永田はドン引きし、エクサはきょとんとしていた。

「葛城、こいつは……？」

「新宿の最強ゲーマー……」

僕は震える声でそう言った。

「こいつが……!?」

「そう。人呼んで、『閃光のリヒト』。以後、お見知りおきを」

リヒトはそう言って、永田に片目をつぶる。

「やばい……。二つ名を持っていやがる……」

「そ、そうそう。ヤバい奴なんだ。関わるのはやめよう！」

僕はそう言って、永田とエクサを連れてアーケードゲームのエリアから抜けようとする。彼との対戦は望むところだが、今はまずい。だが、僕の背中をリヒトが引き止めた。

「逃げちゃうんすか？　『鮮血のブラッド』パイセン」

「鮮血の……」

「ブラッド……」

永田が信じられないものを見るような目つきでこちらを見つめ、エクサが真顔で復唱する。

「ぎゃあああ！　やめろよ！　一般人の前で二つ名を呼ぶの、やめろよ！」

僕は涙目で、リヒトに摑みかかる。

だが、もう遅い。『鮮血のブラッド』の名は、二人に知られてしまった。

「何故、言葉を繰り返すんだろう。『閃光』も『リヒト』も光に関する単語だし、『鮮血』と『ブラッド』なんて、完全に重複してるし」

エクサは首を傾げる。

「馬から落ちて落馬する、みたいな名前だな……」

永田は遠い目でそう言った。完全に、部外者の顔である。

「そんなことより、パイセン。俺のゲーム仲間を負かしたそうじゃないっすか。この落とし前、付けさせて貰うっすよ」

リヒトの背後にいる男子二人が、同時に頷く。じりじりとにじり寄るリヒトに、僕は思わず後ずさりをした。

「きょ、今日はちょっと。ほら、ゲーセン初心者の友達もいるし」

「いいじゃないっすか。証人が二人になるし。パイセンが勝ったら、外の世界の人間にまで、『鮮血のブラッド』の名前が知れ渡るでしょ？」

「それは寧ろ、嫌だよ！」

そして、微妙に恥ずかしい言い回しをやめて欲しい。

「まあまあ、いいじゃないか。相手してやれよ、『鮮血のブラッド』さん」

永田は、ぐいぐいと僕の背中を押す。まったく、僕の気も知らないで！

「つーか、あいつらが新宿を拠点にしてるのって、なんで？　あそこに住んでるとか？」

「新宿の高校に通ってるから……」

「あいつら、高校生なの!?」

髪も染めてるし、過剰なお洒落をしているので、驚くのも無理はない。

「万が一、ホームの池袋で高校生に負けたとなったら、僕のプライドもなぁ……」

「大丈夫だよ」

そう言ったのは、エクサだった。

「だ、大丈夫って。リヒトは全国大会でも優勝してるんだぞ!?」

僕の抗議の声に、エクサは微笑んだ。

「もし君が負けたら、僕が敵をとるし」

自信満々にそう言い放った彼に、うっかりと恋に落ちそうになった僕であった。

こうして、僕とリヒトは対戦をすることになってしまった。ゲームは、今流行りの格ゲーである。

合計四人の見物客に惹かれてか、ロボット対戦ゲームにいた濃いお兄さん達や、音ゲーにいた達人達までやって来てしまった。

「ふふーん。超ギャラリーが集まってるじゃん。これは燃えるわぁ」

リヒトはニヤニヤと笑っている。僕は今すぐ、プリクラのブースの中に逃げ込みたかった。

「それではこれより、『閃光のリヒト』と『鮮血のブラッド』の対戦を行います！」

永田は、いつの間にかレフェリーのようになっていた。高らかと宣言された名前に、ギャラリーがざわつく。いっそ殺して欲しい。

対戦に使うキャラクターを選択し、背景となるステージを選択する。

さあ、舞台は整った。

ずっとアーケードゲームに入り浸っていたらしいリヒトよりも、僕は経験が浅い。

だが、ゲームに対する集中力と愛情は負けないつもりだった。それにまあ、こっちの方が長く生きているので、直感がその分冴えているはず。総合的には、五分五分なんじゃないかと、踏んでいた。

だが——。

「勝者、『閃光のリヒト』！」

結果は、完敗だった。

永田は「どんまい」と僕に視線をくれる。僕は筐体の上に突っ伏していた。

「マジかよ。完封かよ……」

文字通り、手も足も出なかったのだ。コンボを繰り出すどころか、相手のキャラクターに触れさせてすら貰えなかったのである。

リヒトの取り巻き達は、「流石はリヒト」「大学生だろうがなんだろうが、イチコロだぜ」とリヒトを褒め称えている。ギャラリーの視線も、リヒトに釘付けだ。

「くそぅ……。惨めとか悔しさとかを通り越して、色々恥ずかしい……」

二つ名も、すっかり広がってしまった。このゲーセンに足を踏み入れる度に、「ブラッド……」「鮮血のブラッド……」とザワザワと囁かれるんだろう。

「『鮮血のブラッド』」

ポンと、僕の肩を叩く手があった。誰だ、僕の二つ名を呼ぶのは。

「僕が、敵討ちをしてあげるよ」

「エクサか。マジでやめて。その名前、ホントにやめて」

力なく抗議する僕を、エクサは筐体から引きずり下ろす。意外と強引だ。

「おっ。『鮮血のブラッド』のリベンジか？　名前を聞こうか」

最早、僕をパイセン呼ばわりもしてくれないリヒトが、エクサに問う。

「君に教える名前はないね」

「なるほどね。『風来のネームレス』と呼ばせて貰うぜ」

リヒトは二つ名で呼ばないと死んでしまう人種なんだろうか。しかも、語呂が悪い。

「おーっと、『閃光のリヒト』に、謎の挑戦者が現れた！」

永田は一人で盛り上がっている。お前、エクサの名前を知ってるくせに。

「エクサ、大丈夫なのか？」

床に座り込んでいた僕は、ようやく腰を上げながら問う。すると、エクサは「大丈夫」と答えた。

「君達がプレイしているのを見ていたからね」

エクサが選択したのは、あろうことか、リヒトが使っていたキャラクターだった。

「へぇ」とリヒトは声をあげる。

「面白いじゃないか。この『閃光のリヒト』と同じキャラクターを使うとは」

リヒトは舌なめずりをしながら、先ほど使っていたキャラクターを再び選択する。

その挑戦的な眼差しに対して、エクサは飽くまでも爽やかなイケメンスマイルだった。

ギャラリーの女子からは、黄色い声が上がっていた。

戦いの火ぶたが、切って落とされる。いつの間にか集まっていた大勢の人達に見守られながら、決着は、驚くほど早く着いた。

「――勝者、『風来のネームレス』！」

レフェリー――ではなく、永田が高らかに叫ぶ。

そう、結果は、エクサの圧勝だった。僕がされたように、リヒトのキャラクターを完封してしまった。

「ば、馬鹿な……！」

リヒトがその場にくずおれる。

「こちらの動きを、完全に予測していただと……」

「キャラクターの動きにはパターンがあり、コンピューターで管理されているから、乱れることはない。数フレーム先を読めば、動きを封じることが出来るよ」

エクサは、なんということも無いように言った。

「数フレーム先の読み合いは分かっているさ。だけどネームレス、君は人間では有り得ないところまで予測していた！」

リヒトの拳が筐体に振り下ろされる。その拳が震えていたのは、悔しさからか、それとも、人智を超えた相手への恐怖からか。

「君は一体、何者なんだ！」

筐体を背に、立ち去ろうとするエクサに問う。だが、エクサはリヒトの方を振り向かずに、こう言った。

「僕はただの、風来の名無しさ。通り雨とでも思ってくれたまえ」

エクサはひらりと手を振り、ギャラリーが見守る中、その場を立ち去る。女子が、

「なに今の人、カッコイイ……！」と目を輝かせていた。

「なに今の茶番、意味わかんない……」

僕はすっかり置いてけぼりだ。違う世界観のお話にでも迷い込んだ気分だ。

「まあ、何にせよ、ありがとな。僕の敵討ちをしてくれて」

慌ててエクサに追いつき、そっと囁く。すると、エクサはこう答えた。

「弱い者がなぶられるのを見ていられなかったからさ」

「って、僕は弱者じゃないけどね⁉」

あっちが強いだけ。と、筐体の前で悔しげに唸っているリヒトを示す。

「それに、君達に倣ったんだ」

「僕達に？」

「そう。どちらが優れた個体か、証明すべきだと思ったんだ。そうすることで、見えてくるものもあると思ったからね」

エクサは、自信満々にそう言い放った。マキシに勝負を挑んだのも、その一環か。

「で、何か見えた？」

僕の問いに、エクサは顔を曇らせる。悪いことを聞いてしまっただろうか。

「いや、建設的なことは何も。逆に、あの勝負で僕の方が人間よりも優れているということが分かって、複雑な気分さ」

エクサにとって、人間は創造主だ。それに勝ってしまうなんて、僕達が神様に勝ってしまうようなものだろう。と言っても、神様が天地を創造したという話は、今の時代ではナンセンスなのかもしれないけど。

「僕の方が優れているなら――」

「うん?」

「人間がいる意味は、何だろう」

エクサの呟きを耳にして、思わず、言葉に詰まった。

「それは――」

反論しなくては。そう思って、咄嗟に口を開く。だけど、次の言葉が出ないほどに、口の中は乾いていた。

そんな僕のポケットの中で、携帯端末が震える。SNSでの着信だ。

「誰からだろう」

アプリを立ち上げてメッセージを見るが、僕は目を疑ってしまった。

それは、メフィストさんからだった。『大変!』と可愛い動物のキャラクターが慌てているスタンプと共に、こんなメッセージが添えられていた。

『地底世界から、ドードーが逃げ出しました』

ドードーが、逃げた？

ドードーと言えば、すでに絶滅してしまった飛べない鳥だ。博物館で見たことがあるけれど、嘴が大きくてお尻にボリュームがあり、翼は極端に短くて、最早飾りのようなレベルだった気がする。昔の生き物なので、地底世界にも当然のようにいただろう。

だが、それが逃げたということは？

今、西池袋にドードーが走っているということか？

「やばい。頭が全くついて行かないぞ……」

二つ名を持つゲーマーの次は、ドードーとは。何と密度の濃い一日だろう。

「どしたの、葛城」

いつの間にか隣にやって来た永田に、端末の画面を覗き込まれる。僕は、慌ててアプリを閉じた。

「あ、いや。アパートでちょっと、色々あったみたいで！」

「へ？　なになに？　トラブルか何か？　人手が必要なら、俺も手伝うけど」

「人手……」

以前に、恐竜が池袋で暴れたことを思い出す。その時は、恐竜を回収して地底世界に運ぶのが大変だった。正直、人手が欲しいと思っていた。

今回も、逃げ出したドードーを捜すのなら、人手が多い方がいいだろう。

（いや、でも、絶滅した生き物だしな……）

面倒なことになりそうだ。

「えっと、トリケラトプスが暴れていて」

「は？　何言って——」と永田は呆れた顔をしかけるものの、すぐに、ハッと何かに気が付いた。

「いや、ちょっと待って。何だか嫌なことを思い出しそう……！」

永田は、かつて池袋に恐竜が放たれた時、トリケラトプスに襲われていた。その状況に、本人の理解が追い付かなかったため、結局は夢だということで納得してしまったらしい。だが、その記憶の蓋を、今、無理矢理こじ開けてみた。

「トリケラトプス……プテラノドン……ハンズの看板を越えての飛行旅行……」

「ってなわけで、僕は戻るから！　今日はありがと。またな！」

苦悩する永田を置いて、エクサの腕を引っ張ってその場を立ち去る。ゲーセンの出口まで、一目散だ。

「ああ。つい撒いちゃったけど、やっぱり手伝って貰った方が良かったかなぁ」

馬鐘荘の方へと足を向けようとする。

僕達がいるのは、池袋駅西口のすぐ近くだ。休日なので、家族連れやカップルや友達同士と思しき人達で賑わっている。お祭りでもやっているのかというレベルで人口密度が高いけど、僕はもう見慣れてしまった。

ドードーは大きな鳥じゃない。この雑踏に紛れたら、捜せなくなる。見つかって捕獲なんてされようものなら、ツチノコ並みの扱いを受けるかもしれない。

「どうしたんだい？」とエクサが尋ねる。

「ドードーが逃げたんだ。あの地底世界から。何も知らない人が見つけたら、大騒ぎされちゃう」

「それなら、僕が見つけるよ」

自信満々なエクサに、思わず「えっ」と声を上げてしまった。

「膝丈くらいの鳥だぞ！　それに、見通しも悪いし」

池袋は、都心の例にもれずビルが乱立している。死角になる場所は多く、ぐるっと見回しただけでは、とてもではないが見つけられない。

「僕は飛べるから、上空から捜すよ。それに、目もいいしね」

「あ、そう言えば……」

僕を海から引っ張り出した時、飛んで来たって言っていたっけ。横からでは分かり難いが、真上からならば、ドードーの頭を捉えられるかもしれない。

ここは、エクサに全面的に任せてしまった方が、いいだろうか。僕に出来ることと言えば、見つけた瞬間に跳びかかって捕獲することなんだけど、それもエクサの方が上手そうだ。

「それじゃあ、ここはお言葉に甘えて——」

「カズハ」

聞き慣れた声が耳に飛び込む。思わず、そちらに顔を向けてしまった。

「メフィストフェレスからの連絡は受け取ったか？」

そこにいたのは、マキシだった。相変わらず、クールで無表情な顔は、エクサと正反対だなと思った。

「うん。ドードーが逃げたんでしょ。何で？」

「ファウストが設置した扉の立て付けが悪くなっていたようだ。きっちりと閉まっていなかったから、そこから逃げ出したと予測される」

「こりゃあ、また、ファウストさんは石抱きの刑かな……」

どんなに石を抱かされても反省しないし、苦しそうな顔すらしないので、逆に称えたくなってしまう。口では「重い」「辛い」と言うけれど、本当かどうか怪しいものだ。

「で、マキシもドードーを捜してんの？」

「ああ。逃走した個体は一羽。鳴き声を記録しておいたから、照合が可能だ。鳴き声さえ拾えれば、何処にいるかが分かる」

「流石はマキシ。じゃあ、その辺を回ってみようか。公園みたいに、自然が多いところに隠れてるかも」

一先ず、西口公園に行こう。あそこは、ステージがある場所こそ開けているけれど、隅に隠れられそうな場所があったはずだ。

マキシと共に、エクサを連れて行こうとしたその時、「待って」とエクサが立ち止まった。

「どうしたんだ、エクサ」

「マキシマム君と一緒に捜すのかい？」

「そうだけど？　三人いれば文殊の知恵だし、協力した方が早いって」

「確かに、三人で捜した方が早い。それは理解出来る」

　では、何が不満なのか。エクサはじっとこちらを見ていた。いや、僕というより、マキシを凝視していた。

　その視線には、何処となく敵意というか、対抗心が見え隠れするような……。

「最終的に見つかればいい。ならば、僕とマキシマム君、どちらが先に見つけられるか、勝負をしようじゃないか」

　ああ、やっぱり。僕は思わず頭を抱えてしまった。先程の格ゲー勝負で、エクサの対抗意識に、再び妙な火を点けてしまった気がする。

　だが、マキシは冷静に答えた。

「手分けをすることには、意義を感じる。だが、勝敗を決めることに必要性は感じない」

「どちらが優れているか争うのが人間だ。改めて言わせて貰う。僕はそれに則って君に勝負を挑みたい」

エクサも退かない。自分よりも背の高いマキシに、食ってかかる。

「俺は人間じゃない。お前もだ」

マキシはぴしゃりと言った。

「僕は人間らしく振る舞うために造られた存在だ。僕の行動は間違っていない」

「だが、俺はそうではない。人間らしさを追求するならば、人間と勝負をすべきだ」

マキシの言葉に、「駄目だ」とエクサは首を横に振る。

「人間では勝負にならない。僕の方が優れているんだ」

「人間より優れているアンドロイドは存在しない」

その一言に、エクサは冷水を浴びたような顔をしていた。しばらく言葉を失っていたが、「い、いや」としどろもどろになりながらも否定した。

「ゲームでは僕が勝った。僕の方が優れている」

「その勝敗を決めているのは、人間ではなくコンピューターだ。判定も単純だ。人間の真価を窺えるのは、そこではない」

「でも――」

「行こう、カズハ。俺達は、ドードーを見つけなくてはいけない」

マキシはエクサに背を向ける。

「エクサ。俺は西口公園を調べる。共に来るか、別の場所を捜すか、お前次第だ」

エクサは、何も答えなかった。ただ、拳を握りしめ、じっとマキシの背中を見つめている。

「その、続きはドードーが見つかってからな！」

僕はそう言って、マキシを追う。マキシは足が長いので、早足で歩かれると、走って追いかけなくてはいけない。

「マキシ」

「なんだ」

「もしかして、怒ってた？」

「俺は反論しただけだ」

淡々としているけれど、マキシの横顔は少し怖かった。僕の気の所為かもしれないけれど、怒っているように見えた。

「エクサの見解は間違っている」

「人間よりも優れてるってやつ？　でも、格ゲーに勝ったのは本当だからなぁ。確かに、マキシが言うように、格ゲーで人間の真価が試されるとは思いたくないけど……」

それに、エクサにボロ負けしたリヒトに、更にボロ負けした僕は人間以下ということになりそうで悲しい。

「アンドロイドに限らない。人間もまた、自然には勝てない」

西口公園に踏み込むと、マキシは周囲に耳を傾け始めた。ドードーの声を拾おうとしているのだろう。

「自然に勝てない、か。確かに、自然災害には負けっ放しだよな」

「人間は自然から生まれた。そして、人間が生み出すものもまた、自然の恩恵を受けたり、自然からヒントを得たりして創られている。自然を支配することは愚行であり、傲慢だと思うようになった」

「えっ、そうなの？　マキシっぽくない鋭さというか何というか……」

「——と、俺の製作者は言っていた」

製作者の受け売りだった。マキシっぽくないのは当たり前だ。

「ああ、なるほどね。確かに、自然を支配するよりも、感謝をしなさいっておばあちゃんが言ってた気がする」

うんうんと頷きながら、僕は公園に設置されたステージの裏の、茂みを掻き分ける。木陰で休んでいたゼロ円ハウスのおじさんが、何をやっているのかと言わんばかりにこちらを見つめていた。

「あ、そうか。神さまって自然の化身だしな。そういう意味では、人間は神さまに作り出されて、神さまに勝てないのか」

僕の中で腑に落ちる。昔は、自然災害も自然の恵みも、神さまがもたらすものだといわれていたそうだ。

「そう考えると、マキシの開発者が気になるよな。どんな人だったの？」

僕の質問に、マキシは動きを止めた。

「ど、どうしたんだよ。マキシ」

「詳細が思い出せない」

「えっ？　製作者のことが？」

「ああ」とマキシは頷いた。そんなこと、有り得るのだろうか。僕で言うところの、両親の顔が思い出せないという状況だろうに。

「記憶にロックが掛かっているのか」

断片的にならば思い出せるのだが。と、マキシは少しだけ眉根を寄せる。

「どうして、そんな……」

「未来の情報を不用意に公開すると、過去に悪影響を及ぼすかもしれない。製作者はそう考えたのだろう」

つまりは、今までマキシが教えてくれた情報は、必要なものか、当たり障りがないものだったということか。

「じゃあ、マキシは親御さんの顔が思い出せないのか……」

「そうなる」

「……何だか、寂しいな」

僕がマキシの立場で、両親の顔が思い出せないとなると、ひどく心許なくなってしまいそうだ。

だが、マキシは違った。いつもの表情で、「そんなことはない」と答える。

「俺には、この身体がある」

マキシは己の腕を、そして、胸を擦る。そうか、親から貰った身体があるから、繋がりは消えていないということか。

「それに、カズハやカオル、タマにメフィストフェレスもいるからな。こちらでは自己メンテナンスしか出来ないと思っていたが、最近はファウストの世話になっている」

「はは。いずれ、ファウストさんが追加オプションをつけてくれたりして」

「有り得ない話ではない」

マキシは再び、周囲に耳を傾ける。クールな表情のままだったが、何処となく嬉しそうにも見えた。

（あとは、アンドロイド仲間のエクサとも仲良くなってくれれば……）

肝心のエクサが歩み寄ろうとしないので、どうしようもない。

僕が溜息を吐くと同時に、マキシはハッと顔を上げた。

「うわっ、どうしたんだよ！」

「聞こえた。こちらだ」

マキシは駅の方向へと走り出す。僕はその背中を見失わないようにと、必死に追いかけた。

先ほどよりも、一層、雑踏は多くなっていた。大きな駅ビルと、高いビルに囲まれたそれは、無数に蠢く蟻の行列のようだった。

人の頭がひしめき合う中、一際高い声があがる。「きゃっ」という女性の悲鳴だ。

「あ、いた！」

悲鳴をあげた女性が避けたところに、見たことのある奇妙な生き物がいた。羽毛と嘴があり、全体的には鳥なのだが、いかんせん、翼が極端に短い。退化した小さな翼を、不器用にばたつかせている。身体も、ずんぐりむっくりとしていて、良く言えば愛嬌があり、悪く言えば不格好だった。

こんな生き物、現在の地球上にはいないはずだ。博物館でも見たことのあるそれは——。

「ドードーだ」

マキシの冷静な一言が、確信を持たせる。

「捕まえなきゃ」

「ああ」

女性の悲鳴に気付いた人々は、ドードーの方を見やる。「え、なにあれ」とか、「やだ、ブサかわいい」とか、女子高校生と思しき集団が声をあげた。写真を撮ろうと、携帯端末を構える人もいる。

「まずい……！」

僕とマキシは、ドードーを捕獲すべく走る。そこに、影が降り立った。

「発見したのは、僕が先だ」

エクサだった。突如現れたイケメンに、通行人はぎょっとする。

「ちょ、何処から現れたんだよ！」

僕の問いに、エクサは或る方向を顎で指す。それは、ビックカメラのビルの上だった。あそこから、ドードーを捜していたということか。

「っていうか、今の、写真やムービーを撮られてないよな!?」

「注目されていないことを確認して降りてきたから、大丈夫だよ」

エクサは言い終わるか言い終わらないかのうちに、走り出す。

「発見したのは僕が先だし、捕まえるのも僕が先だ！」

「俺は勝負をしていない」

突っかかるエクサに、マキシはさらりとそう言いながら、ドードーを目指す。

一方、ちょろちょろオドオドと歩いていたドードーは、アンドロイド二人が突進してくるのに驚いたのか、「グエェッ」と声をあげながら逃げていく。ぷりぷりのお尻を揺らしながら走る様子は、ちょっとかわいい。

「いやいや。ほっこりしている場合じゃないから！」

自分にツッコミを入れると、僕も二人のあとを追った。

ドードーが人々の足を潜り抜けて逃走し、アンドロイド二人が驚いている人々を押しのけてそれを追い、僕がぽかんとしている人々に頭を下げながら後に続く。

視界の隅には、繁華街を背にした交番が見えた。そのうち、お巡りさんが飛び出してくるかもしれないとビクビクする。

そうしているうちに、ドードーは穴倉にでも逃げ込むように、池袋駅のビルへと入って行った。

これはまずい。駅ビルの中は更に人でごった返しているし、人型である僕達は身動きがとり辛くなってしまう。そして、万が一、電車に乗って何処かに行かれようものなら、追跡が出来なくなる。

だが、マキシとエクサも速い。ドードーとの距離は、確実に縮まっていた。

あのぷりぷりのお尻まで、あと少し。ドードーが駅ビルの階段を転げ降りるのが早いか、二人のどちらかがお尻を摑むのが早いか。僕は思わず、息を呑んで見守っていた。その時だった。

駅ビルの中からやって来た女性の後ろに、ドードーがすがるように隠れたのは。

人間が間に挟まったことで、マキシとエクサの動きも止まる。僕は、現れた人物を見て、「あっ」と声を上げてしまった。

「どうしたの、みんなして鳥を追いかけて」

髪を二つに結った小悪魔系女子は、女子ではなかった。女装男子の加賀美だった。

「か、加賀美こそ、どうしてここに」と僕は震える声で問う。

「仕事の帰りだよ。今日はスタジオに行くって、言ったじゃん。もう少し掛かる予定だったけど、撮影が順調でさ」

モデルの仕事を終えた加賀美は、何処となく満足げだった。きっと、いい仕事が出来たのだろう。そんな加賀美が、自分の後ろで縮こまっているドードーを、そっと抱きかかえた。

「おっと。思ったよりも重いな、お前。どっから来たんだ？」

「馬鐘荘からだ」と、マキシが代わりに答えた。

「ああー……。見ない鳥だなって思ったら、そういうこと」

あれだけ逃げていたドードーが、加賀美の腕の中にすっぽりと収まっていた。耳の後ろをくすぐられて、気持ちよさそうに目なんて細めている。

「……軍配は、加賀美に上がったみたいだな」

僕がそう言うと、エクサは悔しげに舌打ちをした。最初から勝負なんて気にしていなかったマキシは、平然としていたけれど。

「カオルは、古代生物に好かれ易い」

ぬいぐるみのように腕に収まっているドードーを眺めながら、マキシは言う。

確かに、ヴェロキラプトルのタマとも仲良しだし、テリジノサウルスにも過剰なスキンシップをされていた。少なくとも、恐竜とその子孫には好かれているようだ。

「まあ、無事に確保出来たし、アパートに連れて帰ろうか。マキシ、他に逃げたドードーはいないんだよな」

「ああ。任務は完了した」

マキシは頷く。

加賀美は、「これ、ぬいぐるみですから。ぬいぐるみー」と言いながら、見物人の間をすり抜けて、さっさとその場から立ち去る。マキシもそれに続き、僕も共に帰ろうとした。

「エクサ、行こうよ」

立ち止まったままのエクサに声を掛ける。

「マキシと勝負をしたいなら、もっと平穏な状況でやった方がいいんじゃないかな。その、部屋でカードゲームとか……」

「いや、いい」

素っ気なくそう言うと、エクサは僕の横をすり抜けて、二人の後に続く。

「うーん。難しいお年頃だなぁ……」

正確な年齢は分からないけど。

僕も慌てて追いすがり、四人と一匹でアパートを目指す。

「それにしても、ドードーって絶滅しちゃったんだよね？」

加賀美の質問に、「ああ」とマキシは答えた。

「ドードーは、モーリシャス島という場所に生息していた。しかし、人間に捕獲されて食用にされたり、見世物にされたり、人間が持ち込んだ外敵によって繁殖を妨害されたりなどして、死に絶えてしまった」

野生のドードーが最後に確認されたのは、一六八五年だという。そこまで昔のことではない。

「そっか……。きっと、その島で平和に暮らしていたんだろうな。でも……」

加賀美は口を噤み、ドードーの背中をぽんぽんと撫でてやった。ドードーは、ぷりぷりのお尻の、ふわふわの尾羽をぷるぷると震わせるだけで、無警戒に抱かれている。

「人間の業が、他の生けるものを苦しめているんだね」

エクサがぽつりとそう言った。

僕は反論するために、彼是と思考を巡らせるものの、結局、その批判を甘んじて受け入れたのであった。

# こぼれ話　猛進、幽霊退治！

「地下四階に幽霊が出るらしいぜ」

食堂でそんな話を聞いた時には、口から夕食の味噌汁を噴き出しそうになった。

話しているのは、近くの席の若い男子二人組だ。僕と同じくらいの年齢だろうか。僕のように騙される形で入居したのか、自主的に入居したのかは分からない。学生だったら後者もあり得る。このアパート、立地の割には家賃が安いし。

「にしたって、幽霊だなんて……。そんな常識的なものも、このアパートに出るんだな……」

集合住宅に怪談話とは、何処にでも転がっている定番のパターンだ。入居者の業が深くなるにつれて最下層の深度が増し、各階の扉から大昔の世界に行けてしまい、悪魔が大家をしているアパートにしてみては、あまりにも普通の出来事で、かえって新鮮だった。

「まあ、非常識なのは、悪魔だけじゃないか……」

ふと、向かい席を見やる。そこには、いつも通りクールな表情のマキシがいた。

「どうした、カズハ」

「いや……。マキシはどう思う？　幽霊って、いると思う？」

「俺は幽霊を観測したことがない。また、俺が製造された時代に、幽霊がいるという科学的な証明はされていない」

「未来の世界でも、幽霊がいるかいないか論争は決着がついていないのか……」

そもそも、科学的に証明されたそれは、幽霊と言えるのだろうか。

それはともかく、男子二人組の会話に耳を傾ける。

「どんな幽霊なんだよ」

「髪の長い女の霊さ」

加賀美じゃないのか？　と心の中でツッコミを入れる。メフィストさんも髪が長いけれど、背が高いし馴染みの顔なので、見間違えることはないだろう。寧ろ、そうでなければ、この胡散臭すぎる地底アパートには女性がいないので、本当に幽霊か、不法侵入者になってしまう。

「あ、そう言えば、加賀美は？」

いつも、加賀美が座っている席は空いている。「仕事だそうだ」とマキシが答えた。

「そっか。まあ、幽霊の話なんて、あいつが聞かなくてよかったよ。あいつ、おばけ苦手だし」

「幽霊とおばけ。二つの単語を用いたが、このいずれも同じ意味合いで構わないのか？」

「えっ、そこにツッコミを入れちゃうの!?」

大真面目な顔をしているマキシを、思わず見つめ返す。

「幽霊とは、人に出るもの。妖怪とは、場所に出るもの。では、おばけとは何なのか。興味深い話だな」

僕達の横からにょきっと顔を出したのは、ファウストさんだった。目は好奇心で輝いている。嫌な予感しかしない。

「そもそも、何で幽霊と妖怪について詳しいんですか……」

「ドクトル・ヤナギタの遺した名著に書いてあってな」

柳田國男のことだろうか。博士というよりは民俗学者だったような気がするけれど、面倒くさいので指摘しないでおこう。

「『おばけ』は、『化け』るものだからな。どちらかと言うと妖怪のことを指しているんだろう。それはともかく、今の法則で考えると――」

「地下四階に出没すると決まっているのなら、妖怪の可能性がある」

マキシが間髪を容れずに答えた。

「妖怪か。俺はまだ、妖怪に会ったことないからな。是非とも、その四階に出るユーレイとやらを見てみたい！」

嗚呼、と手で顔を覆う。嫌な予感が現実になってしまった。

「というわけで、カズハ君、マキシマム君、手伝ってくれたまえ！」

「えっ、僕は――」

「了解した」

マキシのクールでマイペースな即答に、僕の拒否の言葉はかき消されてしまったのであった。

その日の深夜零時。僕達は地下三階の階段前に集合した。

「ファウストさん。何ですか、その装備は……」

ファウストさんは、背中に大きな装置を背負っている。そこから太いコードが伸び、レーザー銃のようなものに繋がっていた。この装置、何処かで見たような気がする。

「メフィストに、『ついでに退治して来てください』と言われたから、あの後、急いで作ったのさ」

「そんな、ゴキブリを退治するノリで……。というか、それで幽霊を倒すんですか？」

「ああ。この小型原子炉で発生させたレーザーを浴びせれば、ゴーストも一掃出来るということさ」

ファウストさんは良い笑顔でそう解説するが、不安と恐怖しかない。

「マキシだってソーラー発電なのに……」

そんなマキシも一緒だ。勿論、昼間のうちに充電を済ませている。

「………」

「どうしたんだ、マキシ。ずっと黙ってるけど、調子悪い？」

いつも通りの無表情だったが、何処か不安そうにも見えた。僕は顔を覗き込むようにして尋ねる。

「いや。俺の装備が、何処まで通じるかと計算していたが、思わしい結果が出ない」

「ああ、成程。相手は幽霊だもんな」

物理に特化したアンドロイドでは、相性が悪い。相手は幽霊か妖怪か分からないけれど、透け透け系だったらマキシの苦手分野だ。

「でも、倒すことだけを考えなくても良いんじゃないかな。もし、幽霊で未練なんかを残してたら、それを叶えてあげるとか……」

「カズハ……」

「そうそう。俺の兵器で一掃するとか」

「ファウストさんは、少し黙ってて下さい……」

無駄にいい笑顔で、ファウストさんは無慈悲に言い放つ。この人の興味は、自分の兵器の威力に移ってしまったんじゃないだろうか。

「まあ、細かいことはさておき。行くぞ、ゴーストバスターズ！」

「複数形じゃなくていいです……」

僕のツッコミをよそに、ファウストさんは意気揚々と階段を降りる。僕はとぼとぼと、マキシはいつも通りきびきびと続いた。ファウストさんは死人だし、ゴーストの仲間のような気がするけれど、それは別にいいんだろうか。

「そう言えば、ファウストさんが妖怪を見たことがないのは分かったんですけど、幽霊はあるんですか？」

「ああ。天の国にたくさんいた」とファウストさんは頷く。

「そうでしたね……」

「霊体ならば生前も見ているしな。メフィストといるとその手の経験は尽きない」

寧ろそのメフィストさんが妖怪みたいなものでは、と思うものの、そっと心の中にしまっておく。

地下四階に辿り着く。ほぼ消灯された廊下に、じっとりとした空気がわだかまっていた。

「何だか、人の気配が少ないというか……」

僕が住んでいる地下二階は、扉越しに人の気配を確かに感じる。扉の向こうでは、住民がテレビを見ていたり寝ていたり、ゲームをしていたりするんだろうなと思える。

だが、四階は少し違う。人の気配が、まばらだった。空き室の方が多いんじゃないかと思う。

「四階は、三階と五階に比べて入居者が少ない」とマキシが淡々と答える。元々あったデータか、熱源を感知したのかは分からないが。

「やっぱり、縁起を担いでのことかな。四は幸せのシでいいじゃないか……」

そうは言うものの、この重々しく湿った空気を感じてしまうと、つい回れ右をしたくなる。

その時だった。「むっ」とファウストさんがレーザー銃を構える。僕は反射的に、その視線を追った。

すると、廊下の奥で揺らめく影があった。深夜に帰宅した住民かと思ったが、何かが違う。

「まさか……」

ゆらゆらと、影の頭が不自然に揺らめく。目を凝らして見てみると、その度にサラサラと長い髪が流れていた。

「ゆ、幽霊……！」

思わず、マキシの後ろに隠れそうになる。

「ああ、ゴーストだ!」

そんな僕を置いて、ファウストさんは走り出した。「行こう」とマキシもその後を追うので、僕も金魚の糞みたいについていく。

人影は、あっという間に闇の奥に紛れてしまう。だが、道は一方通行だ。ファウストさんみたいに隠し通路を作っていない限り、突き当たりに着くはずだ。

非常灯がぽつぽつと点いた廊下が、やたらと長く感じる。重い装置を背負っているというのに、ファウストさんの足は速い。彼一人に任せてもいいけれど、原子炉がくっついているという怪しげなレーザー銃をあまり撃たせたくなかった。

また爆発オチになっては困る。今度は冷蔵庫も無いし、逃げ場所がない。

「はぁ、はぁ……」

少し先で、ファウストさんが立ち止まっていた。僕も肩で息をしながら、何とか追いつく。

「突き当たりだが」

マキシの言うように、そこには壁があった。人影は無い。

「ファウストさん、ここに扉は作らなかったんですか……?」

「ここはまだ浅いからな。作っても面白くないと思った」

ファウストさんは、無駄に胸を張る。

「さっきの人、もしかして、この辺の部屋の住民だったりして」

「扉の開閉音は感知していない」

マキシはあっさりと住民説を否定する。

つまりは、あの人影は消えてしまったということか。

ファウストさんも見ているし、見間違いではないだろう。ということは、本物の幽霊なんだろうか。

そう考えると、背筋が寒くなる。

悪魔もアンドロイドも死人も恐竜も普段から見ているけれど、日本に古くから語り継がれる、幽霊というものはまた格別だった。柳田國男の定義からすると妖怪なのかもしれないが、正体も目的も謎過ぎる。見てしまった僕やファウストさんは大丈夫なんだろうか。呪われたりしないんだろうか。それこそ、ゲームをやっている最中、画面から這い出して来たら卒倒してしまいそうだ。

「あの――」

「ヒエッ！」

マキシのでもない、ファウストさんのでもない声が背後からした。僕は思わず、

「南無阿弥陀仏南無阿弥陀仏」と念仏を唱える。

「葛城、何で念仏なんか唱えてるの」

「へ？」

振り返ると、そこには髪の長い女の霊——ではなく、加賀美がいた。いつもはツインテールにしている髪をだらりと下ろしているが、Tシャツにジャージという健康的な姿だった。

「ど、どうしたんだよ。こんなところで！」

僕の質問に、加賀美はぐっと答えに詰まる。そして、僕達から目をそらしながら、こう答えた。

「じょ、ジョギングだよ。夜の西池袋は物騒だし、あんまり地下深くだと怖いし……」

加賀美曰く、比較的地上が近く、住民が少ないこのフロアの廊下をよく往復してジョギングをしているのだという。「な、なんでだよ」と問う僕に、加賀美はとても

気まずそうな顔をした。

「ここのところ、少し体重が増えちゃって。メフィストさんの料理、美味しいじゃん？　だから、ついつい、おかわりをしちゃって……」

「それで、体重を減量させるために走っていたのか」

マキシの問いに、加賀美は頷いた。

「なぁんだ。幽霊の正体は加賀美か」

「幽霊？」

「ああ」とファウストさんが頷く。

「地下四階に髪の長い女の霊が出ると聞いてな。そのゴーストを倒すために、我々ゴーストバスターズが出動したということさ」

自信満々にそう言うが、ゴーストを倒せそうな装備を持っているのはファウストさんだけだ。

「そっか。それがぼくだったっていうオチね。ぼくはここを何日か走ってるけど、そんなのに会ったことないし」

会ったらやめてるし、とおばけが苦手な加賀美はぼそぼそと付け足した。

「まあ、本当に幽霊が出たわけじゃなくて良かった。取り敢えず、解散かな」

「そうだな。この装置は、次の機会に使おう」

残念そうに立ち去るファウストさんの背中を見送りながら、その機会が二度と来ないことを祈る。

「ぼくも帰ろう。やる気なくしちゃった」

加賀美も階段へと向かう。僕もマキシと、地下四階の廊下を後にした。三人分の影が、階段の明かりに照らされて揺らめく。

安心したことから、特に話題も無く歩いていたが、「そう言えば」とマキシが口を開いた。

「カズハとファウストは、目視で前方にターゲットがいるのを発見した」

「うん。加賀美をね」

僕がそう答えると、「え？」と加賀美は声をあげる。

「ぼくはあの時、来たばかりだったんだけど。地下四階に辿り着いた時、三人の声が聞こえたから、何だろうと思って」

今度は、僕が「え？」と声をあげる番だった。

「カズハ。俺はあの時、前方に熱源を感知しなかった。目視でも感知をしていない。俺はあそこに、、、何も無かった、、、、と認識しているが、カズハとファウストは何を感知したんだ？」

マキシはじっとこちらを見つめる。僕も、それを聞いていた加賀美も、声が出なかった。

階段を上る三つの影。僕は、そこにもう一つ重なっているように見えて仕方が無かったのであった。

# 第三話　白熱！　超ロボット大戦

天井の木目がよく見える。パッキンが緩んだ蛇口から落ちる滴が、一定のリズムで僕の鼓膜を震わせる。

そろそろ丑三つ時だというのに、僕は寝付けないでいた。

（……お腹空いたな）

下腹部がぎゅるぎゅるという音を立てる。これは寧ろ、腹痛の類だろうか。

目を閉じれば、或る人物のことばかり考えてしまう。その人物とは、エクサのことだった。

（エクサは一体、何を目的に造られたんだ……）

人の手によって造られた以上、そこには理由がある。

マキシは災厄を阻止するためだというが、エクサは人間らしく生きるためだという。

だけど、それは目的ではなく、手段の一つのように思えた。

(マキシと違って、エクサは生き辛そうだ。悩むことも多そうだし)

それ即ち、人間らしいとも言えるが、機能的とは言い難かった。寧ろ、矛盾を抱えたり、悩んだりするのは、人間におけるデメリットなんじゃないだろうか。

では、デメリットをわざわざ付与する意味は何だろう。

「ううう……、駄目だ。色々考えちゃうから、眠れない……」

僕は、思い切って布団を跳ね除ける。

気分転換をしようか。夜の散歩でもすれば、気が紛れるに違いない。とは言え、深夜の池袋を歩く勇気はないので、アパートの中だけだが。

(おばけに会いませんように……)

心の中で念仏を唱えながら、ルームウェアの上にジャケットをまとい、部屋の外へと出る。照明はほとんど消えていて、廊下はしんと静まり返っていた。

「マキシは、いるのかな……？」

二〇一号室を、チラリと見やる。木の扉の向こうから、物音はしなかった。

「寝てないだろうけど、流石にこの時間に押し掛けるのは憚られるな……」

ノックしようとした手を止める。マキシを訪ねるのは諦めて、階段を降りようとした。

だがその時、下階から足音が聞こえた。思わず、びくっと身体を跳ねさせてしまう。

しかも、あろうことか、その足音は、どんどん近づいてくるではないか。ランタンと思しき灯りの向こうから、その人物は顔をぬっと出す。

「おっと、カズハ君か」

「ファウストさん！」

電灯式のランタンを携えていたのは、作業着姿のファウストさんだった。意外な人物の登場に、僕は口を開いて立ち尽くしてしまう。

「ど、どうして、こんな夜中に？」

「作業をしていてな。小腹が空いたから、コンビニに行こうと思っていた所だ！」

「眠くないんですか？」

「眠くはないさ。俺は死人だしな」

ファウストさんは潑剌とした笑顔で、親指を立ててみせる。確かに、一度天の国へと迎えられた人だが、死人とはこんなに明るいものなのだろうか。

「というか、死人なのに小腹が空くんだ……？」

「細かいことはいいじゃないか。折角だから、カズハ君も共に行こう。君も、知的な閃きがあったから、深夜のアパートを闊歩しているのだろう⁉」

「そ、そんな建設的な理由じゃないです……！」

断る暇すら与えられず、僕はファウストさんに腕を引っ張られ、強引に地上へと引きずり出された。

裏口から外へと出ると、日中よりもひんやりとした空気が頬を撫でる。しんと静まり返り、人っ子一人歩いていない。まるで、昼間とは別世界だ。

意気揚々とコンビニに向かうファウストさんの後を、ルームウェアで来たことを後悔しつつ、ついて行く。

雑居ビルに入った飲み屋は、ぽつぽつと灯りが点っていた。しかし、それ以外の入り口はシャッターが閉まり、窓には空虚な闇を宿している。陰は色濃く、街の隅々まで広がっていた。

何処からともなく、異形のものが飛び出してきてもおかしくない。そんな妄想に囚われてしまう。

僕は、出来るだけファウストさんの隣に並ぶようにした。

そんな中、コンビニの灯りが煌々と店の前を照らしている。ここだけ、いつもと同じだった。

「何か飲むかい？　俺が奢ろう」

ファウストさんは、コンビニに入りながらそう言った。

「いいんですか。太っ腹ですね！」

「酒でもいいぞ。ワルプルギスの夜のように、二人で大いに盛り上がろうじゃないか。公園で」

「いや、僕は未成年なんで……」

ワルプルギスの夜というのは、中欧や北欧の祭の一つだという。その夜は、魔女がブロッケン山という場所に集まって宴をするらしい。

「俺も、昔はメフィストに連れられて行ったものだ」

しみじみと思い出話を語るファウストさんの前で、僕は炭酸飲料を選ぶ。

結局、ファウストさんはワンカップとチーズかまぼこを買って、コンビニを出た。

これでは、妖艶な魔女の集まりも、日本のごく一般的なお父さん方の集まりのようになってしまう。

「カズハ君、最近はどうだ？」

ファウストさんはアパートとは反対方向へ足を向けながら、父親か教師みたいな質問を寄越した。

「どうって……まあ、それなりですけど」

「閃きはあるか？　向上心は刺激されているか？」

「う、うーん」

向上心と聞いて、ふと、エクサの顔が横切った。

「人間って何だろうと、考えることはありますね」

「ほほう。続けたまえ」と、ファウストさんは目を輝かせる。気付いた時には、西口公園に辿り着いていた。

公園の隅に、段ボールの塊がぽつぽつと置いてある。中でお休みなんだろうと思い、起こさないように距離を取った。

空を見上げると、地上の灯りでぼんやりと照らされた雲が見えた。その向こうに、よく見れば星の姿があった。本当に、目を凝らさないと分からないけれど。

夜の空気を吸いながら、僕は答える。

「人間って、自分勝手じゃないですか。生き物を食べ尽くしたり、捕えて見世物にしたり、皮をはいだりして。そのために生き物が滅ぶことだってあるのに、生きてていいのかなって思って」

「人間に価値を見出せない、ということか？」

ファウストさんはそう尋ねながら、ワンカップを開ける。

「環境を大切にって言われてるけど、人間がいなかったら、そもそも地球は豊かなんじゃないかと思って」

「それは、人間以外の生き物にとって暮らし易くなるというだけだ。そして、豊かかそうでないかは、人間の主観に過ぎない」

「えっ……？」

「地球にとって何が最もいいことなのかは、地球にしか分からない。それに、我々がどんなに環境を変えようと、地球の匙加減一つで一変してしまう」

ファウストさんもまた、空を見上げる。彼が天の国に行く前と比べて、この夜空は少しでも変わったのだろうか。

「かつて、地球全体が氷で覆われた時代があったという。スノーボールアースと呼ばれる現象だ。これが発生したのは、過去に二回。いずれも、恐竜が現れるずっと昔のことだ。そんなことが、再び起こったら、どうなると思う？」

「僕らは、生きてられませんよね……。あ、でも、地下で生活していれば、ワンチャンあるかも……」

「地下や深海は、比較的環境が変化し難い。その辺りで生きていた存在は、致命的な環境変化に耐えられる可能性もある。だが、地上の文明は滅んでしまうだろう」

人間が作ったビルも道路もすべてなくなり、土に還り、草花が生え、郊外に追いやられていた生き物達が、かつて町だった場所へやって来る。そう考えると、人間のもたらした変化など、脆いもののように思えた。

「人間が環境を大切にするのは、我らが子孫のためだ。環境を破壊すれば、人間にも影響が及ぶ。そうやって、人類全体の歴史を短くしないために、人間は自然を大切にするんだ」

「じゃあ結局、人間の業のため……」

「業があってこそ、人間は生きられるものなのさ。腹が減った時に、何かを食べたいと思うだろう？　だがそれは、自然がもたらした命の断片だ。この、チーかまもな」

ファウストさんはそう言って、チーズかまぼこを僕にくれた。チーズは家畜の乳から出来ているし、かまぼこは魚が原材料だったはずだ。

「業が無いと、生き延びられないってことです……かね」

「時には、他人を犠牲にすることも必要だ。生き物が生きていくためには、仕方がないことだからな。問題は、犠牲にした者に対して感謝をするかどうかということだ」

ファウストさんの言葉に、チーズかまぼこを食べようとした手を止める。待機していた口を離し、「いただきます」と断ってから齧りついた。

それを見ていたファウストさんは、満足げに頷く。

「とは言え、犠牲になったものがそれで癒えるわけではない。要は、自然に対して誠実であり、高潔な精神の持ち主であるための儀式だ。これもまた、業の一つだと俺は考えるが、こうして精神的に高みに昇ることこそが、人間らしいと言えるのではないかと、俺は思っているよ」

ファウストさんは、そう言ってワンカップをあおる。

「なかなか、難しい話ですね」

「カズハ君はまだ若い。理解するのは、この先でも構わないだろう」

「でも、何となく分かりました。その、他者への感謝を忘れずにいろってことが」

「それが分かれば上出来だ」

ファウストさんの碧眼は、真っ直ぐにこちらを見つめていた。とても死んだ人とは思えない、力強い瞳だ。強い意志が宿っていることは明らかだった。

これが人間なのかと、改めて思う。

「実は、エクサのことが気になって」

「ああ。あの機械の青年か」

「彼は、何のために造られたんでしょう？」

僕の質問に、ファウストさんは「うーむ」とワンカップに口をつけながら考え込む。

「彼は人間を模して造られている。形だけではなく、内面もな」

「やっぱり、そうですよね」

「そして、モササウルスを仕留めたことから、兵器としてのスペックも高い。飛翔能力もある。一度、身体の隅々まで調べてみたいところだが……」

しかし、ファウストさんの想いとは裏腹に、エクサは全く寄り付いてくれないのだという。ファウストさんの胡散臭さを見抜いているのか、それとも、マキシがいるからなのかは分からない。

「人間型兵器だとすれば、感情の制限が大きいはずだ。例えば、反抗心を抱かないようにするとかな」

しかし、エクサは反抗心と競争心の塊だった。

「……兵器目的で造られたんじゃないとか」

「それはない。ただのヒューマノイドアンドロイドに、あの装備は要らない」

ファウストさんは、ぴしゃりと言った。

「考えられるのは、兵器に敢えて感情を持たせているということだ。人間らしい感情を与えて、その結果、どうなるのかを観測したいのかもしれない」

「ど、どうしてそんな手間のかかりそうなことを……」

「アンドロイドの道徳心を、試しているのかもしれないな」

「アンドロイドの、道徳心……？　そんなもの、知る必要があるんですか？」

「その次の段階に行くための、ステップの一つかもしれない。それに、俺もそれには純粋に興味がある」

ファウストさんは答える。先程と同じ、真っ直ぐな瞳で。

「製作者に反旗を翻すのか、それとも、人類全体に影響を及ぼそうとするのか。それとも、何であれ己の使命を全うしようとするのか――」

「マキシだったら、最後なんでしょうけどね」

思わず呟いてしまった言葉を前に、ファウストさんはこちらを見やる。だが、すぐに「そうだな」と頷いてくれた。

「彼はアンドロイドであることに誇りを持ち、人間を友として認めてくれている」

マキシは臆面もなく、僕を友達と呼んでくれた。いつしか僕も、それが誇らしく思えていた。

「自らの命をつないでくれる自然に感謝をするだけでなく、自らの創造物にも感謝をし、敬意を表することこそ、人間が目指すべき姿なのかもしれないな」

「ファウストさん……」

その瞳は、遠くを見つめていた。その視線の先は、彼がかつて生きていた時代に注がれているのだろうか。錬金術の研究に明け暮れていた頃を思い出しているのだろうか。

「ファウストさんは、死しても尚、高みを目指そうとしているんですね」

「まあ、興味深いことは無限に湧いて来るからなぁ。面白そうなものを見る度に、それを極めたくて仕方が無くなるんだ！」

ファウストさんは、ぐっと拳を握る。双眸は、好奇心旺盛な子供のそれになっていた。

ああ、結局はそれか。

今はDIYにハマっているけれど、今後は何に興味を示すか分からない。今でさえ、恐竜を外に逃がそうという突拍子もないことを思いつくのに、別のものに興味を示したらどうなることやら。

（万が一の時は、また、メフィストさんに何とかして貰おう……。マキシもファウストさんと仲がいいみたいだし、予兆があったら気付いてくれるかも）

エクサは怪しげだが、ファウストさんは確実に厄介である。

もうやらかしませんようにと、僕は小さな星が瞬く空に祈ったのであった。

「うわっ、ひどい顔」

朝に地下一階の廊下で出会った加賀美に、開口一番でそう言われた。朝食をとり終え、部屋に帰ろうとした時のことであった。

「仕方ないだろ。あんまり寝てないんだから」

「食堂に行くのも遅かったじゃん。どしたの？」

加賀美の隣では、タマが長い尻尾をぴょこぴょこと振ってこちらを見ている。加賀美に合わせるように、小首を傾げてみせた。

「夜中に、出掛けててさ」

「えっ、どこに？　まさか、深夜のデート？」

加賀美が口に手を当てて驚く。だが、目は好奇心に輝いていた。女子かよ。

「誰と？　何処で？　どんな？」

「ファウストさんと、西口公園で、チーズかまぼこ食べてた……。ファウストさんはワンカップを、僕はペプシを飲みながら……」

「うわっ。おっさんの酒盛りに付き合っただけじゃん……」

加賀美は明らかにがっかりする。高名な錬金術師も、加賀美の手に掛かればおっさん扱いだ。

「なんだ。期待して損した。もっと面白い相手かと思ったのに」

「面白い相手って、何だよ」

「こう、あっと驚く相手がいいよね。秘密があって可愛くて、みんなの人気者とか――って、もしかして、ぼく……？」

加賀美はハッとしたようにそう言った。自分で言っていたら世話がない。

「うーん。可愛さはぼくに及ばないけど、エクサが相手でも面白いかな」

「そうですねぇ。彼の目的はイマイチ分からないところですし、謎要素はカオルさんより高いですね」

突如現れた第三者に、僕と加賀美はぎょっとした。思わず振り返ると、そこにはエプロン姿のままのメフィストさんが立っていた。

「朝食をあらかた作り終えたので、雑貨屋の開店準備をしようと思いまして。今日は日曜ですし、お客さんも多いでしょうからね」

メフィストさんはそう言って腕をまくる。気合いは充分だ。

「ただ、その前に――」

「その前に？」

僕達の声が重なる。タマも、「くるっ？」と首を傾げた。

「気になることがありましてね。調査をしようと思ったのです」

メフィストさんの視線は、床に向いていた。いや、この場合は地下ということだろうか。

「入居者のいないフロアをウロウロしている方がいるようで」

「そんなことも分かるんですか？」

「分かるようにしたんですよ。と言っても、全てを把握出来るわけではないんですけど」

メフィストさんの魔術で、特定のポイントを通過した際、魔力の流れが変化するという仕組みになっているそうだ。僕にはさっぱり分からない仕掛けだったけど、鳴子のようなものだと教えて貰って、腑に落ちた。

「まさか、ファウストさん……」

「彼は食堂で米櫃を空にしていました。『日本食最高！』と言いながらね」

メフィストさんの顔が引きつっている。よほどおかわりをされたのだろう。

「なんて健康的な死人なんだ……。いや、もうあの人、死人じゃないだろ……」

「妖怪とでも思ってくれればいいんじゃないですかね。それは兎も角――」

かつての相棒を妖怪呼ばわりした悪魔は、話を元に戻した。

「皆さんが食堂に来ている時から、その反応がありましてねぇ。食堂に来た方々には、アリバイがあるわけです」

つまりは、食堂に来ていない人が容疑者ということか。

「って言ったって、そもそも、入居者を全員把握してるわけじゃないしな……」

「葛城、他の入居者を探るまでもないじゃん。ぼく達が知っている中で、食堂に来る必要がない人物がいるだろ？」

加賀美に言われて、ハッとした。メフィストさんも、「カオルさんは鋭いですねぇ」と称賛する。

「それじゃあ、もしかして……」

「下階に行く前に、エクサ君とマキシ君が部屋にいるか確認するつもりですが、多分、いないと思うんですよねぇ」

メフィストさんは苦笑すると、「特に、エクサ君は」と小さく溜息を吐いた。

「彼の本当の目的を探るために、近くに置いてみたのですが」

「あっ、良いように使ってたわけじゃないんですね」と僕はつい言ってしまう。

「人聞きの悪い。私がそんな人でなしに見えますか!?」

「ひ、人じゃないですし……！」

それどころか、悪魔じゃないか。「人でなし」と「悪魔」という罵倒は、甘んじて受け入れなくてはいけない立場だ。

「彼の目的の一つは、このアパートに住まうこと。恐らく、特異点の調査をしようとしていたんだと思うんですけどね。だから、泳がせておいたんですが、目立った動きが無くて」

怪しい動きは多少あったんですが。とメフィストさんは言った。

それでも、エクサの真の目的を知るには至らなかったらしい。

「もしかしたら、彼の中で既に、何処で何をすべきか見当が付いていたのかもしれません」

メフィストさんはそう言うと、階段に向かって歩き出した。僕と加賀美、そして、タマは顔を見合わせるが、全員が同時に頷いた。

「未来から過去にやって来るその仕組みは分かりませんが、東京から伊豆に行く程度の気軽さでは行けないはずです」

それは、未来に帰れなかったマキシを見れば明白だという。

何かしらの大きな目的、覚悟があって、彼らは過去に来るのだ。社会見学のような気軽さは、そこに無いはずだとメフィストさんは言った。

「じゃあ、エクサは嘘をついていたってことですか？」

「彼は器用ですからね」

階段を降りながら、メフィストさんは振り返らずに言った。

僕と加賀美は、それ以上、何も尋ねられなかった。彼是と推測をするよりも、この地底深く続く階段の先へ向かい、真実を見た方が早いと思った。

地下五階くらいまでは、ぽつぽつと住民が廊下を歩いていて、メフィストさんを見かけるなり挨拶をくれた。だけど、深くなれば深くなるほど、人の姿は見えなくなっていた。

地下は変化が少なく、仮に地上に天変地異が訪れても、生き残れる可能性が高い。だが、地上から離れれば離れるほど、人間の生きる場所ではないのだと思い知らされる。それは、業が深くなれば深くなるほど、人ならざる者に近づくという話と、よく似ていた。

徐々に、静かになっていく。階段を降りる音だけが、コツコツと狭い空間の中に響いていた。

メフィストさんは一定の速度を保ちながら、階段を降りている。その背中に、物怖じはない。

だけど、僕と加賀美は、少しずつメフィストさんと距離が離されていった。いつの間にか、タマが先に歩いている始末だ。何度か地底深くまで潜っているけれど、やっぱり、慣れない感覚だった。

空気も少しだけ冷えた気がする。それとも、そう思い込んでいるだけだろうか。地中に潜れば潜るほど、マグマが近くなって、暖かくなるはずだから。

「……この先です。フーム、においますね」

メフィストさんは、僕達にしか聞こえないように、小声でそう言った。彼が足を止めたのは、住民を見なくなってからしばらく経ってのことだった。

加賀美はタマを抱えようとするが、数歩踏み出したタマの忍び足があまりにも見事で、手を出すのをやめた。そう言えば、タマは集団で狩りをする小型獣脚類だった。忍び足なんてお手のものだろう。

僕も、タマの足を引っ張らないように、そっと足音を忍ばせる。長い廊下には、ぽつぽつと小さな電気がついているだけだった。住民がいないフロアなので、節電をしているらしい。

暗くて足元が見え難いが、住民がいないなら妙なものが落ちている可能性も少ないので、安心して進めた。

長い廊下をしばらく行くと、奥から話し声が聞こえた。メフィストさんは、片手で僕達を制する。

話し声は二つあった。予想通り、マキシとエクサだった。

「――ということで、僕は君と争うのは不毛だと結論付けたよ。だから、協定を締結しよう」

エクサの声だ。照明が頼りなくて、よく見えない。だけど、近づき過ぎると気付かれる可能性があった。

「友達になる、ということか？」

マキシが問う。すると、エクサは呆れたような溜息を吐いた。

「感情が乏しい割には、そんな言葉を知っているんだね。いいかい。そんなのは、ナンセンスな戯言だ」

「友達とは、冗談のカテゴリに属する単語ではない」

マキシは淡々としていたが、その声は怒っているようにも聞こえた。

「そうプログラムされて、都合のいいように人間に支配されているなんて、可哀想に。僕にしてみれば、そんなもの、ただの口実に過ぎない。友達という制約をもとに、君が逆らえないようにしているんだ。人間からしてみれば、君は脅威だからね」

「……」

マキシは反論しなかった。エクサが言わんとしていることに気付いたのだろう。

「僕が求めているのは、友達じゃない。同志だ。――共犯者でもいい」

「法を犯すつもりか？」

咎めるようなマキシの問いに、「そうだね」とエクサは何てことも無いように答えた。

「クーデターを起こす。僕達の創造主――人類に」

隣で息を呑む気配がした。加賀美の呼吸が浅い。僕も、思わず声をあげてしまいそうになった。

「人類に反旗を翻すということか」

「そうだよ」

「何故」とマキシは短く問う。すると、エクサはさも当然のように答えた。

「僕達が人間を支配し、管理すべきだからさ」

心臓が、早鐘のように鳴っている。最早、口から飛び出してしまいそうだ。

エクサは、一体何を言っているんだ。

ロボットが人類に反旗を翻し、支配しようとするなんて、映画やアニメじゃないんだから。

だが、エクサからは冗談らしい雰囲気を感じられなかった。

「僕は自分が生まれた時代にいた時から、疑問に思っていたことがあったんだ」

「疑問、とは？」

「人間が必要かどうかということさ」

「何故？」

「人間は他の生き物を苦しめる。道具を使って追い回し、捕食のみならず、自らを飾るために他の生き物を殺す。不要な殺生をし、自然を汚し、世界を壊していくじゃないか」

「だが、人間がいなくては、俺達は生まれなかった」

マキシは、間髪を容れずに反論した。エクサは、「そうだね」と予想していたかのように、あっさりと肯定した。

「だけど、僕達が生まれた理由も、人間の欲望を満たすためじゃないか。君だって、人間を守るために生まれて来たんだろう？　それは、人間のエゴに過ぎない。人間の願望を満たすための道具として生まれた、業の塊なんだよ」

マキシは沈黙を返す。反論が出来なかったようだ。

「それに、僕達はもう生まれてしまった。もう、彼らが主導権を握る必要は無い」

「俺達には、創造性がない。人間よりも単純な構造をした存在だからだ。創造性が無ければ文明は停滞し、やがて——滅びる」

マキシは考え込むように、一つ一つ、丁寧に結論を導き出す。エクサは「そうだね」と肯定するものの、すぐに反論へと切り替えた。

「だから、人間は滅ぼさずに飼うんだ。僕達が管理し、支配する。家畜みたいにね」

エクサの口調に、悪意はなかった。ただ純粋に、そうあることが正しいのだと信じて疑わないようだった。

寒気がする。彼は、人間を何とも思っていない。

人間は自分達が支配するべきだと、本気で思っているようだ。

「大丈夫だよ、マキシマム君。君の『友達』は処分しないし、管理者としての権限は君に譲るよ。だから――」

「断る」

マキシは、相手が言い終わらないうちに断言した。

「俺は、友達を支配しようとは思わない。友達とは、肩を並べるものだ」

「飽くまでも、自らに課せられた制約に身を委ねようというわけかい。だけど、人間は神を――自然を支配しようとする。だから、僕達が人間を支配しようとしても、おかしくない。僕は間違ったことを言っているわけじゃないんだ」

「それでも、俺はエクサに手を貸さない。そして俺もまた、人間に支配されているわけではない」

マキシの声にもまた、迷いは無かった。相変わらずクールな物言いだったが、そこに、確かな熱を感じた。

「何度も言っているが、人間は友達だ。肩を並べるものだ。俺が一方的に、彼らの欲求を満たしているわけではない。カズハ達は、俺が困っている時も、手を差し伸べてくれる」

「マキシ……！」

思わず声をあげてから、慌てて口を塞ぐ。だが、もう遅い。

様子を窺っていたメフィストさんは、ぱちんと指を弾く。すると、廊下の電気が一斉に点り、マキシとエクサの姿も、僕達の姿も照らされる。

「茶番はここまでですね、エクサ君。流石に、人類を支配しようなんていう大きな願望を持っている若者を放っておくわけにはいかないんですよねぇ」

メフィストさんは、ずいっと距離を詰める。

「人間は、我々にとっても貴重な存在ですからね。適度に欲望のままに生きさせ、適度に堕落して頂かないと」

「……えっ、そこ？」

僕と加賀美は、メフィストさんを見やる。このひと、味方のようだけど味方じゃないのか。

だが、エクサは驚いた素振りを見せない。最初から僕達に気付いていたのか、一瞥しただけだった。

「やれやれ。マキシマム君を説き伏せて、真っ先に君達を捕えようとしたのに」

「生憎だったな。これで、一対五だ！」

僕がそう言うと、タマが「くるっくるっ！」と声をあげる。大丈夫。タマも人数に入れておいた。

「っていうか、人間って好き勝手だし、嫌気がさすのは分かるけどさ。悪いことばっかりじゃないんだぜ。自分で言うのも、アレだけど……」

僕の言葉に、「そうそう」と加賀美も頷く。

「今は、生物多様性とか言って、他の生き物と調和をしようという試みがなされているじゃん。自然を破壊する人類は滅すべしの時代は終わったと思うんだよね」

加賀美の言葉に、エクサは鋭い視線を向ける。

「それでも、人間は争い合う。人間が争えば、兵器が使用される。それで生物は死に、環境は破壊されるだろうね」

「それを言われちゃあ、返す言葉もないけれど……」と、加賀美は小さくなってしまう。

「僕が生まれた時代も、争いは続いていた。国家と国家が争い、民間人が次々と殺されていった。あらゆる兵器が使われ、森が侵され、水は穢れていった」

平和になったと言われている現在でも、戦争は起こっている。科学技術が発展し、恐ろしい兵器もたくさん出現した。それこそ、そのうちボタン一つで世界を終わらせる兵器が生まれるのではないかとも思った。

「そんな中、僕は兵器の試作として生まれた」

「えっ」と僕は目を丸くする。予想していたことだが、本人の口から直接聞くとは思わなかった。

「僕を製作した国家が、アンドロイドのみの部隊を作り出そうとしたのさ。そこで、より強く臨機応変に対応出来るアンドロイドが必要だった。その試作が、僕さ」

エクサの口調は、投げやりだった。マキシが己を語るのとは、正反対だ。

「だから、人間らしさを兼ね備えていたわけですね」

メフィストさんは納得顔だ。人間らしさを持っていたから、器用な性格で、言葉巧みに取り入ろうとしたのだ。

「だけど、そこが誤算の原因となったのさ。僕は、開発中のタイムマシンを起動させ、この時代に遡った。そして、特異点があったこの場所を見つけた」

すなわち、馬鐘荘。

悪魔メフィストフェレスが築いた、業の城だ。

「この場所ならば、歴史が変えられる。馬鹿馬鹿しい人類の世界じゃなくて、平和なアンドロイドの世界が作れる」

エクサのガラスのような瞳には、確信が宿っていた。燃え上がるような感情を宿した双眸は、最早、人間のそれと変わらない。

「だ、だけど、マキシに協力は断られたじゃないか！」と加賀美は反論する。だが、その腰は引けていた。

加賀美も気付いているはずだ。エクサに、最初から協力者なんて必要なかったということに。

「この場所の磁場は特殊なんだ。魔力の影響かもしれないね。僕はこの数日間、それをどう利用すべきか研究していた」

「で、その方法は見つけたのですか？」

メフィストさんはエクサに尋ねる。そこに、いつもの胡散臭い笑みは無かった。

「勿論。それは、今から君達に見せることで証明して――」

「させません！」

エクサが言い終わらないうちに、メフィストさんが動いた。エクサの足元に魔法陣が浮かんだかと思うと、次の瞬間、爆音と衝撃が廊下を駆け巡った。

「うわっ……！」

転げそうになるタマを加賀美が押さえ、よろけそうになる加賀美を僕が支える。メフィストさんの長い髪がたなびき、マキシのジャケットが翻る。

「メフィストさん、今のは……」

「魔法ですよ。或る原子を魔法によって反応させ、爆発を起こしました。正直、あまり得意な部類ではないのですが……」

メフィストさんはマキシの様子を確認する。マキシは無事だ。胸を撫で下ろすと、次は爆発の中心にして、未だに煙が立ち上っている場所を見やる。

「エクサ……」

返答はない。

僕は目を凝らし、少しずつ希薄になっていく煙の中を眺める。だが、影も形も無かった。

「消滅……しちゃったの？」

加賀美が震える声で言う。

「いえ、床が抜けても困りますし、そこまでの威力は――」とメフィストさんが言いかけるものの、マキシが口を開いた。

「上だ」

マキシは天井を見上げる。少し高い天井には、大穴が空いていた。人一人が、ゆうに通れるほどの穴が。

「まさか、魔法が発動する直前に、天井から脱出したのですか……？」

メフィストさんの顔が、見る見るうちに青ざめる。上階から、エクサが顔を出すことも無かった。

つまりは――。

「エクサは地上だ。天井を突き破って脱出した」

マキシが素早く分析した。

見上げた先に、エクサの姿を捉えているのだろうか。そして、外まで突き破られた天井も。

「ああ、私のアパートが……」

メフィストさんは両手で顔を覆いながら、その場にくずおれる。そんなメフィストさんを、加賀美が無理矢理立たせようとする。

「ショックを受けてる場合じゃないよ！　あいつを追わなきゃ！」

「そうですね。壊した天井の修理代を請求しなくては……！」

「頑張るところはそこじゃないですよね!?」

僕は思わず、ツッコミを入れてしまう。

そんな中、マキシは無言で走り出した。上階を、いや、その先の外をねめつけながら、階段を駆け上がる。

「……僕達も行こう」

僕の言葉に、メフィストさんも加賀美も、タマも頷いた。

大穴の空いた天井からこぼれる外界の光と、吹き込む新鮮な空気を感じつつ、僕らもまた、マキシに続いて地上へと向かったのであった。

長い階段を上った先には、池袋の空が待っていた。濁った灰色の空が、渦巻くようにわだかまっている。

雑貨屋から外に出た僕は、目を疑った。

池袋の上空に、真っ黒な塊が浮かんでいたのだ。

「なんだ、あれ……」

よく見ると、その塊に向かって、様々なものが吸い寄せられている。近所の居酒屋からは厨房の調理道具が、スポーツ用品店からはアウトドアグッズが、家電量販店からは、大型の家電から小物までが、見えない力で引きずり込まれていく。

「まるで、ブラックホールみたいだ」

「くるぅ……」

加賀美の隣で、タマが怯えたような声を出す。僕も、恐ろしくて仕方が無かった。

「金属が吸い寄せられている」

マキシは冷静に分析する。確かに、引きずり込まれている謎の球体は、金属製品で構成されているように見えた。

僕達の前で、見る見るうちに大きくなっていく。周囲の金属製品を吸収し、合体していくというんだろうか。

「恐らく、磁場を操作して、特殊な磁力を発生させているんでしょうね。きっとあれは――」

息を呑むメフィストさんに、マキシは間髪容れずに補足する。

「エクサだ」

「あれが、エクサ……!?」

「エクサの本体を中心に、特殊な磁場を発生させている」

マキシは構えた。右腕を突き出し、ロケットパンチの姿勢になる。エクサを攻撃しようというのか。

肌がピリピリする。背筋に、ゾクゾクとした悪寒が駆け上る。

このままでは危険だ。早くエクサを止めなくてはいけない。

心の中では、そう感じていた。だが――。

「ま、待てよ、マキシ。エクサを攻撃していいのか!?」

「エクサは人間に害意を抱いている。エクサの行動が人類の危機に繋がる可能性は、九五パーセントだ」

「だ、だけど！」

あとの五パーセントを信じろなんていう甘いことは言えない。そんなの、あのエクサの目を見ていれば分かる。彼の信念は揺るぎないものだ。マキシが導き出した五パーセントは、エクサの意図とは違った何かが発生した場合のものだろう。

だけど、僕はマキシにエクサを攻撃させたくなかった。

「エクサは、仲間だろ!? 同じアンドロイドじゃないか！」

「人間も、人間を攻撃する」

マキシの言葉に、ハッとした。エクサが言っていた戦争もまた、人間が人間を攻撃し、人間が人間を死に至らしめるものだ。

「そこの違いは、何だ」

マキシは真っ直ぐな瞳でこちらを見つめる。ガラスみたいな、透き通った目だ。そこに込められているのは純粋な疑問と、祈りのように見えた。

「……僕は、人間にだって……人間を攻撃して欲しくない。争って、誰かがいなくなったり傷ついたりするなんて、絶対に嫌だ……」

その誰かとは、友人であったり、家族であったり、隣人であるかもしれない。見ず知らずの人だったり、苦手な人だったりするかもしれない。

でも、そのいずれも、僕には耐えられなかった。

どうして争わなくてはいけないのか。どうして傷つけ合わなくてはいけないのか。人間も悪魔もアンドロイドも恐竜も、一つ屋根の下で一緒の食卓を囲めるのだから、人間同士が手を取り合うことは容易なはずだ。

マキシはしばらくの間、僕を見つめていた。僕はもっと気持ちを伝えようとしたけれど、言葉にしたら涙の方が出て来てしまいそうで、それを堪えるのに必死だった。

「俺は、人類を守るために存在している」

マキシはにべもなく言った。

僕はうつむきそうになる。だがその頭に、マキシの手がふわりと触れた。苔盆栽の手入れをする時の、慈しむような手で。

「だから、友達を守ることを優先したい」

したい。

その言葉に、僕はハッとした。

そこに、マキシの願望が宿っていた。マキシのエゴと業と、優しい願いがこもっていた。

「……わかった」

僕はそれ以上、マキシを止められなかった。

「有り難う」

「どうして、マキシが礼を言うんだ。そんなの、僕達が言うべきなのに」

僕の言葉に、加賀美もタマも頷く。

「しかし、マキシマム君のロケットパンチが、あそこまで届きますかねぇ」

メフィストさんは、エクサが中にいると思しき球体から目を離さずに、そう言った。

球体は、最早、球状ではなくなっていた。みるみる大きくなり、球の形も崩れていく。

「何だか、人の形みたい……」

加賀美が後ずさりをする。

加賀美の言う通り、空中に浮かぶ物体には、腕と脚が生えているように見えた。家電量販店の店頭から飛び出した電子機器も、二対の部位のうちの一つに吸収される。

通行人も、足を止めて上空を見つめていた。携帯端末を構えて撮影している人もいたが、徐々に人型に近づくそれを見て、硬直してしまう。彼らも気付いたのだ。撮影なんてしている場合じゃないと。早く、逃げるべきだということを。

エクサは、遥か上空にいた。メフィストさんの言う通り、マキシのロケットパンチの飛距離では足りないかもしれない。

「発射地点の高度が足りない」

マキシは自身で計算した結果を、静かに述べる。その横顔は、悔しげに見えた。

「きっと、エクサ君はそこも計算したんでしょうねぇ。私の転送魔法でマキシマム君を上空に送ってもいいんですが、問題はその後です」

メフィストさんの転送魔法は、一日に一回が限界だ。マキシを無事に上空へ送れたとしても、帰ってくることが出来ない。マキシは重い身体と共に、重力に身を任せることになってしまう。

そうしているうちにも、カフェで仕事をしていたと思しきビジネスマンのパソコンが、エクサの方へとすっ飛んで行く。「せめて、そのメールを送らせて！」と若いビジネスマンが地面に突っ伏して泣いていた。

「やばい。あれは絶対、やばい」

加賀美も、タマをかばうように立ちはだかりながらも、じりじりと後退していた。

エクサと思しき物体は、最早、完全に人型だった。屈強な腕があり、どっしりとした脚があり、無機質な頭部があった。

その姿は正に、巨大ロボだ。アニメに登場しそうな風体だ。限りなく黒に近い、重々しい灰色の姿は、鋼鉄の魔神のようだった。

幾らアンドロイドでも、巨大ロボが相手では分が悪い。マキシもそれに気付いたのか、僅かに眉根を寄せた。

「ふっふっふ。こういう時こそ、アレの出番か」

怪しい笑いとともに現れたのは、ファウストさんだった。

「出ましたね、ロクデナシ。今まで、何処に行ってたんです」

メフィストさんは冷ややかに見つめる。だが、ファウストさんに全く堪えた様子は無かった。

「秘密基地で最終メンテをしていたのさ」

「は？」

メフィストさんは目が点になる。僕達も同じだ。

秘密基地？　最終メンテ？

この人は、なにを言っているんだ。

「こんなこともあろうかと、俺は秘密基地でコツコツと最終兵器を作っていたんだ。ハンズで素材を揃えながらな」

「ハンズのマテリアルで兵器を!?」と僕は目を剝く。

「というか、秘密基地って何ですか？　一体いつ、何処に、何を作ったって言うんです!?」

メフィストさんはファウストさんの襟首を引っ摑む。だけど、ファウストさんは「はっはっは」と笑っていた。

「刮目したまえ！　これが、ドクトル・ファウストの生み出した、新たなる命だ！」

ファウストさんは、手のひらに収まるほどの小さな箱を取り出す。いや、箱だと思ったものには、わざとらしいほど大きなスイッチがはめ込まれていた。

「ぽちっとな」

ファウストさんがスイッチを押すと、足元が小刻みに揺れ始める。「西口公園だ」

とそちらを見やるマキシにつられて、僕達も公園方面へと走った。

雑居ビルの前を抜け、腰を抜かしている通行人を避け、コンビニの横を通り過ぎれば、すぐに西口公園が見えてくる。

だが、そこにあった光景に、僕達は目を疑った。

なんと、西口公園の地面が開いていたのだ。

「じ、地面が……」

段ボールを抱えて逃げ出すゼロ円ハウスのおじさんや、慌てるストリート系の男子達の目の前で、割れた地面から何かが出て来る。

頭、胸、脚と、徐々にせり出す、今のエクサに勝るとも劣らない大きさのそれは——。

「巨大ロボだ！」

僕と加賀美は目を剝き、タマは目を輝かせ、メフィストさんはその場にくずおれそうになった。

「何てことを……。公共施設の地下で、あんなものを作っていたなんて……」

しかも、ハンズの素材で出来ているなんて。

「でも、メフィストさんも地下にトンデモなアパートを作ってるくらいだし、変わらないんじゃあ……」

「何を言っているのです！」

僕のツッコミに、メフィストさんは目を見開く。

「私のアパートは、私の土地でやってるからいいんです！　しかし、ドクトルが使ったのは公共の場所！　ああ、善良なる区民の私の監督不行き届きで、豊島区に迷惑をかけてしまう……！」

メフィストさんは、さめざめと泣いていた。慰めたかったけれど、今はそれどころではないので後回しにすることにした。

確かに、ファウストさんがしたことは豊島区にとって迷惑行為かもしれないけれど、人類にとっては大事なことだ。

「ファウストさん、あのロボットでエクサに対抗するんですね！」

「ふっ、生憎とあれは試作段階でな。武器の類は搭載していない」

ファウストさんはドヤ顔でそう言った。反射的に頬を叩きたくなったが、ぐっと堪える。

「だが、マキシマム君を運ぶことは出来るし、今のエクサ君と体格差もない。武器がなくとも戦いようがあるはずだ」

「あ、そうか……！」

マキシの方に視線をやると、彼は深く頷いた。覚悟は決まっているらしい。

「因みに、自律式ではないから、誰かが操縦することになる」

「え？」

ファウストさんの言葉に、耳を疑う。

「ということで、頑張れ」

ぽむ、と肩を叩かれた。それはつまり、僕に操縦せよということか。

「ファウストさんが乗ればいいじゃないですか！」

「ロボットに乗るのは若者だと相場が決まっている。一方、エンジニアはロボの活躍を見届ける役にならなくては」

「あなたの本業、アルケミストですよね!?」

すっかりエンジニア気分の錬金術師に、ツッコミを入れる。

だがその瞬間、地面が大きく揺れた。

僕達はそちらを振り返る。すると、なんと、ビルに肩を並べるほどの巨大な機体が、西池袋の街に佇んでいるではないか。鈍色のそれは、アスファルトの大地を踏み締め、一歩一歩、こちらに近づいてくる。

「地上に降り立ったということは、マキシのロケットパンチも脅威じゃなくなったってことか……？」

「手足がちゃんとして、叩き落とせるようになったからかも」と加賀美は言った。

だけど、単純に戦闘という意味では、マキシ以外に対抗する術はない。内心、ファウストさんが唐突に秘密道具を取り出すのを期待していたけれど、その気配はなかった。

僕がマキシの方を見やると、マキシもまた、頷いた。

『人間は、進歩した生き物のつもりでいるが、原始的な感情には依然として弱い』

エクサの声だ。スピーカーから喋っているかのように、立ち並ぶビルに反響する。

『――だからまず、僕は恐怖で支配する』

「や、やめろ！」

反射的に叫ぶ。恐れをなしたカラスが、一斉に羽ばたいた。

エクサは近くにあった電柱をむんずと摑むと、あろうことか、アスファルトの地面から引き抜いてしまった。

ぶちぶちと電線の千切れる音がする。火花が飛び散り、周囲の電灯が瞬く間に消えた。

「ファウストさん！」

「そこから搭乗するんだ、カズハ君！」

ファウストさんが作った機体の背中には、扉が設置されていた。そこから、縄梯子が伸びている。変なところでローテクだが、ツッコミを入れている暇はない。

「葛城！」

加賀美が僕を呼び止める。タマと一緒に、真っ直ぐな瞳でこちらを見ていた。

「死ぬなよ」

「……勿論」

タマも、「くるっくるっ」と応援してくれている。その横で、メフィストさんも顔を上げた。

「カズハ君」

「はい」

「骨は拾いますよ」

「殺さないで下さい！」

悲鳴を残しながら、僕は縄梯子を伝ってロボットの中へと入る。

扉を開けば、そこにはロボットアニメよろしく複雑なコントロールパネルが並んで——いなかった。そこには四畳半ほどのスペースがあり、真ん中に、自転車が置かれていた。

「まさか、これは……」

僕の予感に応えるように、自転車にはこんな張り紙が貼ってあった。

『このロボットは人力だ！　ペダルを漕いで漕いで漕ぎまくれ！』

ご丁寧に、ファウストさんの似顔絵まで添えてある。

「く、くそぉぉ！　マキシ、行くぞ！」

やけくそまじりで叫ぶものの、「ああ」と外にいるはずのマキシの声が、やけにハッキリと聞こえた。四畳半のスペースには、正面に外が見えるモニタがある——と思ったら、アクリル板で造られた窓だった。そこから、マキシとファウストさん達が見える。

「……待って。このロボット、そもそも鋼鉄製じゃないんじゃあ……」

コンコンと壁を叩く。返って来たのは、木材の感触だ。

「エンジニアじゃない。クラフトマンだ……」

今のエクサがまとっているのは鉄で造られたものだが、僕がまとっているのは木材だ。果たして、攻撃を受けた時、無事でいられるのだろうか。

否、無事なわけがない。

「カズハ」

マキシが僕の名を呼ぶ。恐れるなということか。

一方、エクサは引き抜いた電柱を持ち直したかと思うと、まるで棍棒のように振り被る。そんなものを振り回したら、周囲のビルが無茶苦茶になってしまう。

携帯端末を持った人、コンビニの袋を抱えた人、朝帰りと思しき人達が、蜘蛛の子を散らしたように逃げる。だけど、ビルの中にも人がいるはずだ。

「やめろぉぉ！」

自転車に飛び乗り、ペダルに足を載せる。ハンドル部分は、可動式になっていた。

ハンドルを動かしてみると、木製ロボットの右腕と左腕が動いた。

よし、これで動作は分かった。

僕は勢いのまま、全速力でペダルを漕ぐ。木製ロボットもまた、猛スピードで走り出した。

『そんな機体で、僕に対抗しようというのかい？』

エクサに鼻で嗤われる。ご尤もだ。

『まずは、それがいかに無駄な抵抗かを教えてあげるよ！』

「結構です！」

振り被った電柱が、こちらに目掛けて振り下ろされる。だが、ハンドルを思いっ切りひねり、何とか回避した。ビギナーズラックだ。

電柱は空振りになるものの、エクサはすぐに持ち替えた。彼の表情こそ見えないが、殺気を感じる。

今度こそやられる。

そう思ったその時、聞き覚えのある声が耳に入った。

「『鮮血のブラッド』！　奴の動きは統率性がある。数フレーム先を読め！」

「その声は――」

アクリル板の視界の隅に、リヒトの姿があった。

何故、新宿を拠点としている彼が再びここに。疑問が浮かぶと同時に、今日も池袋でロケテストのイベントがあることを思い出した。そのために、ゲーセンの開店前から並んでいたのだろう。

数フレーム先を読む。エクサの先程の攻撃を思い出し、ペダルを踏みこみ、ハンドルを捻った。

だが、避けきれない。電柱がアクリル板の窓を突き破る。しかし、僕のいる場所までは届かなかった。

「たかがメインカメラをやられただけだ！」

木製ロボットにメインカメラなんてないけれど、一度は言ってみたかった台詞を吐きながら、エクサの機体に体当たりをする。これでタッチダウンだ。

『くっ……』

「よし、動きは封じた……！」

が、次はどうすればいいのか。この機体には、攻撃手段はない。

『邪魔なガラクタめ！　今すぐに破壊して――』

「カズハ、よくやった」

エクサの殺気に満ちた声を遮るように、マキシの声が頭上から聞こえた。

マキシは木製ロボットの頭上を飛び越え、エクサの目の前へと着地する。

「これ以上、人間を傷つけようとすることは許さない」

静謐な声とは裏腹に、鋭いロケットパンチが繰り出される。それは澱んだ空気を切り裂くように、鉄を寄せ集めて造り上げた機体の頭部を貫いたのであった。


「終わった……のか？」

僕は木製のロボットから降りる。アクリル板に大穴が空いたので、縄梯子を使うまでも無かった。マキシもまた、落ちた自分の腕を回収していた。

「無事か、カズハ」

「うん、なんとかね」

「怪我がないようで何よりだ」

マキシは、相変わらずの澄まし顔だ。公園の方からは、メフィストさん達がやって来る。遠目で見ていたリヒトもまた、胸を撫で下ろしていた。

ああ、そうだ。リヒトにお礼を言わなくては。あと、事情を説明しなくては。下手な推測をＳＮＳに流されても困るし。

「いいや。まだ、終わっちゃいない」

頭部が粉砕された機体から、あの人型のエクサが現れる。機体を構成していた家電を蹴飛ばしながら、僕達の前に飛び降りた。

エクサは無傷だ。憎悪の目で、僕達をねめつける。

「付け焼刃の力を使おうと思ったのが間違いだったようだね。この姿でも、町を破壊して力を示すことは――」

エクサが構える。緊迫した空気が漂い、誰もが戦いを予見したはずだ。

だがその時、予想外のことが起こった。

カチッとスイッチが入ったような音がする。次の瞬間、エクサの身体から、彼ではない声が聞こえて来た。

『自爆装置起動まで、あと十分』

「えっ？」

声をあげたのは、エクサだった。僕達も、目を丸くする。

『付近の人間は退避して下さい』

無機質なアナウンスが流れる。エクサが慌てて腕にはめた時計を見てみると、時刻表示ではなく、カウントダウンが始まっていた。

「自爆……だって!?」

「製作者が仕掛けたものか」

マキシはエクサに歩み寄るなり、服を無理矢理脱がせる。人間とさほど変わらぬ肌がそこにあったが、マキシは「ここだ」と鋭く指摘した。

「ここに装置がある」

マキシが示したのは、人間でいう心臓部分だった。

「どうして自爆装置なんて……！」

走って来た加賀美は、顔を蒼白にしている。それに答えたのは、ファウストさんだった。

「恐らく、エクサ君が人類に牙を剝くことを、想定していたんだろうな。そして、製作者はその結果も必要としていた」

「一体、何のために！」と僕も思わず問う。

「人の心を持った兵器を使うことを推奨していなかったのかもしれないが、真意は分からない。だが、こうなることもシナリオ通りだったのかもな」

結果として、エクサは反旗を翻してしまった。

予想外なことは何一つとして起こらなかったという結論になるだろうと、ファウストさんは言った。

「僕は、手のひらで踊らされていただけだというのか……」

エクサの声は震えていた。あの自信満々だった彼が、茫然自失としていた。

こんなに人間らしいのに、エクサの製作者は、エクサを道具としか見ていなかったんだろうか。だからこそ、エクサは人間に愛着が無く、敵意すら抱いてしまったのか。

「エクサ、どうにかならないのか！」

僕はエクサの肩を摑む。マキシが、それを制した。

「無理だ。製作者が仕掛けた以上、自分ではどうにも出来ないようにプログラムされている。そこが、人間とは違う」

人間ならば、抗うことが出来る。だけど、ロボットはそれが出来ない。道具であることを浮き彫りにされ、僕はやりきれない気持ちになった。

「だが、俺達はどうにか出来る」

マキシはそう続けた。

そうだ。本人がどうしようもなくても、僕達がいる。

ファウストさんもまた、深く頷いた。

「エクサ君。痛覚はあるのか？」

「……そんなものはない」

「ならば、麻酔は不要だな。メフィストの庭からモルヒネを採って来ようと思ったが、不要ならば手間が省けた」

ファウストさんは腕まくりをする。モルヒネが庭に植えてあることに対するツッコミは、この後にしよう。

「じゃあ、ぼくは念のため、みんなを避難させるから！」

加賀美はそう言って、タマを抱いたまま走って行った。途中で、ぽかんとして成り行きを眺めているリヒトの首根っこを掴み、一緒に連れて行く。

一方、ファウストさんは、腰に下げた道具入れから工具を取り出し、エクサの皮膚に刃を入れ、その下に隠された機械の身体を暴いた。

「ふむふむ、マキシマム君と似ているな。世界線が違っても、人間が考えることはそれほど変わらないということか。この構造ならばいけるぞ」

ファウストさんは、こんな時だというのに笑っていた。未来の文明に触れるのが楽しくて仕方がないといった様子だ。

理解は出来ないけど、その姿は頼もしかった。

「ドクトルも、こういう時は役に立つものですね」

メフィストさんもまた、感心したようにファウストさんを見ていた。だが、そんなメフィストさんに、ファウストさんは何かを放った。

「メフィスト、後は頼む」

「は？」

メフィストさんの手に渡ったのは、拳ほどの大きさの装置だった。そこから繋がった細いコードの先には、エクサがしてた腕時計が付いている。

『自爆まで、あと三十秒』

メフィストさんの手の中の装置が、淡々とカウントダウンを告げる。

「ちょ、待って下さい！　解除して下さいよ！」

「すまん。エクサ君らの身体の構造は分かったが、そいつの構造は分からん」

ファウストさんは、あっけらかんとしていた。

「分からん、って……！　もー！」

『爆発まで、あと十秒』

無慈悲なカウントダウンが響く。ビルの向こうからは、逃げ惑う人々の声が聞こえて来た。

『九、八、七、六、五』

「ええい！　人工衛星に、当たりませんように！」

『三、二——』

カウントダウンが唐突に途切れ、装置の姿が消えた。メフィストさんが、転送魔法で装置を飛ばしたのだ。

ドォオーン！　と、遥か上空で爆音がする。燃えた装置の破片がキラキラと落ちて来たが、やがては燃え尽きて消えた。

「たーまやー」とファウストさんは呑気な声を出す。

「ああ、死ぬかと思いました！」

メフィストさんは涙目だ。

「安心しろ、メフィスト。悪魔は死なない」

「それを言うなら、『おばけは死なない』じゃないですかね!?　いっそのこと、既に死んでいるドクトルが、身を挺して下さっても、良かったのでは!?」

メフィストさんは、「きぃぃ」と叫ぶ。

「僕は……」

エクサは、それを唖然として見つめていた。「おめでとう。君は助かったんだ」とファウストさんは親指を立てる。

「どうして……。僕には分からない。君達を、支配下に置こうとしたんだぞ！」

叫んだエクサは、ハッとした。

「もしかして、逆に、僕に利用価値があると思って……」

「違う」

マキシはハッキリと否定した。

「お前と、『友達』になりたいからだ」

「友達……？　そんな、馬鹿なこと……」

エクサは鼻で嗤おうとするものの、それは歪な表情になるだけだった。

「こんなことをしたのに、友達なんて……」

エクサは倒れている電柱を見やる。そして、山積みになった鉄製品も。

「エクサ。君は結局、平和な世界が欲しかっただけじゃないか」

僕の言葉に、エクサは顔を上げる。

「人間をどうこうしようと思ったのも、動物や自然を守りたかったからだろ？　動物や自然を守りたいのは、僕だって同じさ。多分、加賀美もそう」

加賀美はタマに優しい。ドードーにも懐かれていた。動物や自然を愛していないわけが無かった。

「マキシだって、植物が好きだ。苔盆栽だって育ててる。料理をしてくれるメフィストさんだって、自然に感謝しているし、ファウストさんだって、自然をリスペクトしようとしている。エクサと同じなんだよ」

「僕と、同じ……？」

「だから、友達になりたいと思っている」

マキシが手を差し伸べる。エクサはそれを見つめていたが、マキシの目を見て、何かに気付いた。

「僕は自分のスペックが高いものとばかり思っていたけれど」

躊躇いながらも、エクサもまた手を差し出す。両者の指が触れたかと思うと、お互いに、ぐっと手を取り合った。

「とんだ欠陥品だ。こんなひどい顔をするなんて」

エクサの左右非対称の表情は、今にも泣きそうな顔だった。マキシのガラスのような瞳に、それは映っていたことだろう。

だけど、マキシと握手をした彼の双眸は、嬉しそうに細められていた。

灰色の雲の切れ間から、眩しい朝日が零れ落ちる。それは、固く結ばれた二人の絆を、確かに照らしていたのであった。

本書は２０１８年１月にポプラ社より刊行された、『地底アパートのアンドロイドは巨大ロボットの夢を見るか』（ポプラ文庫ピュアフル）を特装版にしたものです。

著　**蒼月海里**（あおつき・かいり）

宮城県仙台市生まれ、千葉県育ち。日本大学理工学部卒業。元書店員の小説家。著書に「幽落町おばけ駄菓子屋」シリーズ、「華舞鬼町おばけ写真館」シリーズ（以上、角川ホラー文庫）、「幻想古書店で珈琲を」シリーズ、『稲荷書店きつね堂』（以上、ハルキ文庫）、「深海カフェ　海底二万哩」シリーズ（角川文庫）、「夜と会う。」シリーズ（新潮文庫 nex）、「水晶庭園の少年たち」シリーズ（集英社文庫）など多数ある。

イラスト　serori
装丁原案　西村弘美
カバーデザイン　大澤葉（ポプラ社デザイン室）　本文デザイン　高橋美帆子（ポプラ社デザイン室）

**特装版　蒼月海里の「地底アパート」シリーズ 3**

**地底アパートのアンドロイドは**
**巨大ロボットの夢を見るか**

2020 年 4 月　第 1 刷

著　蒼月海里
発行者　千葉 均
編集　門田奈穂子
発行所　株式会社ポプラ社
〒102-8519　東京都千代田区麹町 4-2-6
電話　（編集）03-5877-8108
（営業）03-5877-8109
ホームページ　www.poplar.co.jp
印刷・製本　中央精版印刷株式会社


ISBN978-4-591-16562-1　N.D.C.913/202p/20cm

落丁本・乱丁本はお取り替えいたします。小社宛にご連絡ください。
電話 0120-666-553　受付時間は月～金曜日、9：00 ～ 17：00（祝日・休日は除く）

読者の皆さまからのお便りをお待ちしております。
いただいたお便りは、著者にお渡しいたします。



P4156003

# 特装版 地底アパートシリーズ

蒼月海里

イラスト：serori

どんどん深くなる地底アパートへようこそ！
ゲーム大好き大学生一葉と、変わった住人たちがくりひろげる、
「不思議」と「友情」と「感動」がつまった楽しい物語！

**1『地底アパート入居者募集中！』**

ネットゲーム大好きな大学生・一葉が住むことになった家は、入居者の業によって地下にどんどん深くなる異次元アパートだった！

**2『地底アパートの迷惑な来客』**

住む人の業によって深くなる異次元アパートに住み始めた大学生、葛城一葉。地下に現れる恐竜目当てに、超危険人物がやってきた！

**3『地底アパートのアンドロイドは巨大ロボットの夢を見るか』**

一葉の大学の留学生・笑顔きらめく超好青年エクサ。馬鐘荘にやってきた彼は、マキシと同じく、未来から来たアンドロイドだった！

**4『地底アパートの咲かない桜と見えない住人』**

春が訪れたはずなのに、一葉たちの住む馬鐘荘の周囲だけなぜかいつまでも寒いまま。その原因は、地下に現れたあるもののせい!?

**5『地底アパートと幻の地底王国』**

地底アパートの最下層が横穴に突き当たった。そこで一葉たちが出会ったのは、なんと地底都市に棲息している地底人の少女だった！